浪人若さま 新見左近
決定版【六】
日光身代わり旅

佐々木裕一

双葉文庫

目次

第一話　白い花　7
第二話　天井の穴　80
第三話　女刀匠《おんなとうしょう》　151
第四話　日光《にっこう》身代わり旅　213

徳《とく》川《がわ》家《いえ》宣《のぶ》

江戸幕府第六代将軍
寛《かん》文《ぶん》二年（一六六二）〜正徳《しょうとく》二年（一七一二）

寛文二年（一六六二）四月、四代将軍徳川家綱《いえつな》の弟で、甲府《こうふ》藩主徳川綱重《つなしげ》の子として生まれる。綱重が正室を娶《めと》る前の誕生であったため、家臣新見正信《にいみまさのぶ》のもとで育てられる。

寛文十年（一六七〇）、九歳のときに認知され、綱重の嗣子《しし》となり、元服後、綱豊《つなとよ》と名乗る。延《えん》宝《ぽう》六年（一六七八）の父綱重の逝去《せいきょ》を受け、十七歳で甲府藩主となる。将軍家綱が亡くなった際には、世継ぎとして候補に名があがったが、将軍の座には、叔父《おじ》の綱吉《つなよし》が就《つ》いた。

五代将軍綱吉も、嫡男《ちゃくなん》の早世《そうせい》や、長女鶴姫《つるひめ》の婿《むこ》である紀州《きしゅう》藩主徳川綱教《つなのり》の死去等で世継ぎに恵まれなかったため、宝永《ほうえい》元年（一七〇四）、綱豊が四十三歳のときに養嗣子となり、江戸城西ノ丸《にしのまる》に入り、名も家宣と改める。宝永六年（一七〇九）の綱吉の逝去にともない、四十八歳で第六代将軍に就任する。

将軍就任後は、生類憐《しょうるいあわれ》みの令をはじめとした、前政権で不評だった政策を次々と撤廃《てっぱい》。間部詮《まなべあき》房《ふさ》を側用人《そばようにん》として重用し、新井白石《あらいはくせき》の案を採用するなど、困窮《こんきゅう》にあえぐ庶民のため、政治の刷新をはかり、万民に歓迎される。正徳二年（一七一二）、五十一歳で亡くなったため、治世《ちせい》は三年あまりとごく短いものであったが、徳川将軍十五代の中でも一、二を争う名君であったと評されている。

浪人若さま　新見左近　決定版【六】

日光身代わり旅

第一話　白い花

一

天和《てんな》二年（一六八二）の桜は例年より遅めの開花であったが、花付きはよく、色も濃い。そのおかげで、上野山《うえのやま》は美しい桜色に染まっている。

浅草界隈《あさくさかいわい》は、花見に向かう者や、浅草寺《せんそうじ》参詣《さんけい》の者たちでにぎわっているのだが、岩城泰徳《いわきやすのり》の目には、満開の桜も、すれ違っていく人々の顔も、目に映《うつ》っていないようだ。

「承知してくれるとよいが」

ため息まじりに吐く言葉は、これが何度目か。思いつめたような顔をする泰徳の頭の中は、妹に持っていく縁談のことでいっぱいなのだ。

花川戸町《はなかわどちょう》の表通りに向かった泰徳は、今日も繁盛《はんじょう》している三島屋《みしまや》の様子に目を細め、店に入った。

小物の物色に夢中になっている若い女の背中に声をかけ、鞘《さや》が当たらぬように気を使いながら、奥へと歩みを進めた。

「失礼」

その姿を見つけたお琴《こと》が、

「あら、義兄上《あにうえ》」

明るい声を発して、店の奥へと促《うなが》した。

「ちと、話があってまいった」

「すぐ行きますから、奥で休んでいてください」

「うむ」

泰徳は刀を腰から抜くと座敷に上がり、奥の居間へ入った。

手伝いのおよねが来て、

「あいすみませんねぇ。お饅頭《まんじゆう》、お好きですか」

茶と饅頭を載せた皿を置くと、忙しくて相手にできぬことを詫《わ》び、そそくさと仕事に戻った。

これでは話ができぬかもしれぬ、と不安に思いつつ、泰徳は饅頭を口に入れた。

お琴が上がってきたのは、熱い茶を半分ほど飲んだ頃だった。

「何かご用ですか」

「うむ。まあ、座れ」

腕組みをして、お琴が前に座るのを待つと、泰徳は茶を一口飲んでから話を切り出した。

「実はな、お前に縁談がある。今回は商人ではなく、五百石の旗本だ」

お琴の表情が曇るのを見て、泰徳が言った。

「五百石と申しても、小納戸役《こなんどやく》の家柄で、役料も三百俵ある。相手の人柄も――」

「義兄上」

お琴に制されて、泰徳は口を噤《つぐ》んだ。

「せっかくですが、お断りします。わたしは、嫁《とつ》ぐ気はありませんので」

「しかし、商人も断ったではないか。いったい、どんな相手ならよいのだ」

泰徳とて、お琴の気持ちは十分に知っている。だが、相手は新見左近《にいみさこん》こと、甲《こう》府《ふ》藩主、徳川綱豊《とくがわつなとよ》だ。好いたところで、一緒になれる相手ではない。

妹を案ずるあまり、泰徳は縁談をすすめているのだ。

「お前の胸の中に新見左近がいるなら、あきらめろ」

「もとより、承知しています」

「承知しているだと。このままでいいと言うのか」

「この店にいらっしゃることで甲州様《こうしゅう》のお気持ちが休まるのであれば、それだけでわたしは、幸せなのです」

甲州様という言葉がお琴から出たので、泰徳はぎょっとした。

「お琴、お前、気づいていたのか」

お琴は、泰徳が驚く姿を見て、辛《つら》そうに目を閉じた。

「……やはりあのお方は、甲州様だったのですね」

「何？」

「前から、そうではないかと思っていました」

鎌《かま》をかけられたと気づき、泰徳は、しまったという顔で膝《ひざ》をたたいた。

「謀《たばか》ったのか」

「義兄上こそ、黙っていたではありませんか」

「おれも最近知ったのだ。ただ知ったからというて、お前のことを思うと、言えなかった」

すまんと詫びる泰徳に、お琴は優しい笑みを見せた。

「左近様は一度、すべて話そうとされたことがあるのですが、わたしが拒《こば》んだのです。このままでいいと申し上げたのです」

「左近とは夫婦《めおと》になれぬのだぞ。女としての幸せは、いらぬと言うのか」

「夫婦になることが女の幸せとも限らないですよ、義兄上。人それぞれ顔が違うように、幸せの形も違うのではないですか。わたしは、今のままで十分幸せなのですから、店を閉めてお武家に嫁に行くことなんて、いやです」

「しかしな、今はよいかもしれぬが、先のことを考えろ。左近とて、一国のあるじ。いつまでも市中を出歩くことはできぬのだ。そうなったら、寂しい思いをするのはお前なのだぞ」

泰徳はそう言うと、ふたたび縁談をすすめた。だが、お琴は首を縦《たて》に振らなかった。

「わたしは、初めから左近様と結ばれようとは思っていません。何度も言いますが、今の暮らしで十分幸せなのですから、このままでいいのです」

「では、生涯独り身でいると申すか」

「はい」

お琴の覚悟を知り、泰徳はあきらめた。

左近を想う気持ちは、よい家に嫁げば忘れるであろうと思っていたが、お琴の清々《すがすが》しい顔が、かえって痛々しく、いっぽうで、左近への深い愛情を悟《さと》らせた。

——無理やり嫁がせても、お琴が苦しむだけだ。

泰徳はそう思い、

「わかった。もう何も言うまい」

笑顔で言うと、刀を持って立ち上がった。

また来ると告げて店を出た泰徳は、その足で谷中《やなか》へ向かった。

左近がいるかどうかはわからぬが、今日中にどうしても会いたいと思ったのだ。

新見左近は、折よく根津《ねづ》の藩邸を出て、谷中のぼろ屋敷に来ていた。

甲府藩主としての政務をこなしていたのだが、谷中の屋敷のそばにある上正寺《じょうしょうじ》から使いが来て、根津の屋敷を出たのだ。

左近を呼び出したのは、岩倉具家《いわくらともいえ》だ。

酒井雅楽頭《さかいうたのかみ》の画策《かくさく》により、一度は将軍の座を目指し、左近とも剣を交《まじ》えた岩倉であるが、今は友と呼べる仲になり、時折酒を酌《く》み交《か》わしている。

上正寺に身を寄せているお菊《きく》のことが気になっている岩倉は、左近がいないと知るや、軽い足取りで上正寺に行き、茶を所望《しょもう》するのである。

そこで、久々に酒を酌み交わしていたところに、泰徳が訪ねてきた。

「左近、話がある」

遠慮のない泰徳は、岩倉に軽く頭を下げ、囲炉裏《いろり》の間に上がると、左近の前に座った。

「まあ、飲め」

左近が杯《さかずき》をすすめるのを受け、泰徳は満たされた酒を一息に干すと、神妙な顔で口を開いた。

「親父殿は残念であったな」

頭を下げる泰徳に、左近がうなずいて応《こた》える。

「間鍋詮房《まなべあきふさ》によると、安らかな死に顔であったそうだ。今頃はあの世で父上と、酒を酌み交わしておるに違いない」

実の父である先代の甲府藩主徳川綱重《つなしげ》と、先頃亡くなった養父である新見正信《まさのぶ》に思いを馳《は》せるように、静かに杯を口に運ぶ左近を、泰徳と岩倉も無言で見守っている。

しばらく黙って杯を重ねていた左近が、ふと泰徳を見据《みす》え、口を開いた。

「して、今日はいかがした」

訊《き》く顔を向ける左近に、泰徳が困ったような顔でふたたび頭を下げる。

「すまん。お琴に鎌をかけられて、おぬしの正体を知られてしもうた」

言われて、左近は口に運びかけた杯を持つ手を止め、泰徳を見た。

「さようか」

知られたものは仕方がない。いつかこの日が来ることは覚悟していた左近である。ゆるりと杯を干すと、膳《ぜん》に置いた。

「お琴は、怒っているであろうな」

騙《だま》していたのだから当然だと、左近は思っている。

「それが、怒ってなどおらぬのだ。おぬしが店に来て気が休まれば、それで十分だと申して、笑っておった。縁談をすすめたが断られてな。妹は、生涯独り身でいるつもりだ」

——いかず後家にするつもりか。

甲府へ旅立つ前に泰徳に言われた言葉を、左近は思い出した。

「すまぬ、泰徳。おれは、お峰《みね》とお琴を、不幸にしてしまう」

「お峰は、病《やまい》で亡くなったのだ。おぬしの正体を知らぬまま死んで、よかったのかもしれぬ。だがお琴は、叶《かな》わぬ恋だとわかっていても、おぬしのことを想っている。もろうてくれとはもう言わぬ。だが、一途《いちず》な気持ちを、察してやってくれ」

「おい、左近」

黙って聞いていた岩倉が、怒った様子で杯を置いた。

「おぬしも、お琴殿のことを想うておるのではないのか」

左近は答えなかった。どうあっても、側室にしかできないからだ。

「自分に正直になったらどうだ、左近」

岩倉に言われて、左近は顔を向けた。岩倉は探るような目をしていたが、ふっと笑った。

「好いたおなご一人幸せにできぬ者が、世を背負えるか。身分など捨てて、浪人になってしまえ」

気が小さいとか、奥手だのとぶつぶつ小言を並べて、岩倉は酒を呷《あお》った。

「おぬしは、お琴を側室に迎えろと申すか」

左近が訊くと、岩倉がため息をついて、一拍の間を置いて言った。

「そのようなことをすれば、お琴殿の肩身が狭くなると、おぬしは案じておるのか」

「うむ」

「確かに、側室は何かと肩身が狭い思いをされよう。愛《いと》しい者をそんな目に遭《あ》わせとうない気持ちはわかる。だが、悪いことばかりとは限らぬぞ。屋敷に入れれば、いつでも会えるようになるし、案外、屋敷での暮らしが楽しゅうなるやもしれぬ」

岩倉の意見に、泰徳が口を挟んだ。

「しかし、妹は商《あきな》いを楽しんでいる。側室に誘うても、応じるとは思えぬのだ。その気がないから、左近が店に来てくれるだけでよいと言ったのかもしれぬ」

すると、岩倉がうなずき、左近に告げる。

「それならば、悩むことはない。今のままでよいのではないか。共に暮らせずとも、こころが結ばれておればよいのだ。諸藩の藩士たちを見てみろ。妻子を国へ置いているではないか」

「だが、あの者たちは夫婦の契《ちぎ》りを交わしている。おれとお琴とは違う」

「では浪人新見左近として、お琴殿と夫婦の契りを交わせばよいではないか。そうすれば、お琴殿も好きな商売が続けられる。どうだ、よい考えであろう」

左近が返答に困っていると、岩倉が苛立《いらだ》ったように言った。

「何をしている、さっさと会いに行かぬか。さあ立て、立たぬか、新見左近」

手を引かれた左近は、岩倉に追い出されるようにして、ぼろ屋敷から出かけた。


どうしようか迷いつつも、左近は谷中から浅草にくだり、花川戸町に着いたのは日暮れ時だった。

通りの店も商売を終え、人通りも減っていた。

お琴の店では、およねが最後の客を送り出し、また来てくれと声をかけている。見送りを終えて振り向いた時、左近に気づいた。

「あら、左近様」

笑顔で言うと、おかみさん、左近様ですよと声をあげて、店の中に駆け込んだ。

左近が三島屋の暖簾《のれん》を潜《くぐ》るのは、久方ぶりだった。

中に入ると、帳場にいたお琴が出てきて、上《あ》がり框《かまち》の前に座って左近を迎えた。

その仕草や顔つきはいつもと変わりなく、明るい調子で迎えてくれている。

左近は宝刀安綱《やすつな》を帯から抜き、お琴に預けた。

安綱を抱くようにして持つお琴と共に居間に入ると、左近は庭が見える場所に座った。

「お琴」

「はい」

「今日は、話があってまいった」

左近が言うと、安綱を刀掛けに置いたお琴が、左近の前に座った。

桜色の地に白い花びらを散らした模様の着物がよく似合い、顔をうつむき気味にしているお琴は、今日も美しい。

「先ほど、泰徳殿に会《お》うてきた」

お琴は左近が言おうとしていることを察したらしく、顔を背《そむ》けた。

「実はな……」

「何もおっしゃらないでください。わたしは、左近様がこうしておいでくだされば、それで幸せなのです」

「お琴……」

「この店に来られるあなた様は、間違いなく新見左近様。それでいいじゃありませんか」

左近が言おうとしたことを、お琴が先に言った。

「新見左近と、思うてくれるか」

「ご身分のことは、もうおっしゃらないでください。わたしは、こうしておいでくださるだけで幸せなのですから」

左近は目をつむった。安堵《あんど》したのが半分。共に暮らせぬ辛さが半分の気持ちだ。だめで元々、とこころに決めていたことを告げるべく、目を開けた。

「お琴」

「はい」

「おれと共に――」

「おかみさん。失礼しますよ」

およねが声をかけてくると、襖《ふすま》を開けた。

「おかみさん、夕餉《ゆうげ》はどうしましょうか。せっかく左近様が来られたのですから、うんとおいしい物にしましょうよ」

「そうね。でしたらおよねさん、まかせてもいいかしら」

「はいはい。ではすぐに支度しますね。左近様、今お酒をお持ちしますから、待っていてくださいね」

「うむ、すまぬ」

およねが襖を閉めると、左近は改めて言おうとした言葉を呑《の》み込み、腕組みをしてため息をついた。

「およね、酒はぬるめで頼む」

そう言うと、襖に聞き耳を立てていたおよねが手で口を塞《ふさ》ぎ、台所に行った。

気を取り直して、左近がひとつ空咳《からせき》をし、お琴に顔を向けた。

「お琴」

「はい」

「店を閉めてくれと頼んだら、いかがする」

「それは、何ゆえですか」

「うむ。おれと共に――」

「あのう、おかみさん」

襖の向こうからまたおよねの声がして、左近は喉《のど》まで出ていた言葉をふたたび呑み込んだ。

お琴は左近に手を合わせてあやまり、およねに返事をした。

襖を開けたおよねが、左近に愛想《あいそ》笑いをして頭を下げた。

「表におかつさんが来られていますが、いかがしましょうか」

「今行きます」

「でもおかみさん、なんだか暗い顔をされてますんで、またお金ではないですか」

「とにかく、会ってみないとわからないでしょう」

お琴は左近に頭を下げ、すぐすむから待っていてくれと言い残して、およねと店に出た。

左近は、目を閉じて息を吐いた。何度も言いそびれて、疲れたのだ。

「どうしたんです、旦那。大きなため息をついて」

権八《ごんぱち》が庭に顔を出したものだから、左近は驚いた。

縁側から上がってくる権八に、左近は恐る恐る訊いた。

「聞いていたのか」

「何をです？」

「おれとお琴の話だ」

「いいえ、あっしはたった今来たばかりで」

権八は手をひらひらとやり、含んだような笑みを浮かべた。

「はは、ひょっとして旦那、お琴ちゃんを口説《くど》いていなすったんで？」

「うむ？」

左近は、ずばりと言われて動揺した。

顔を赤くする左近に驚いた権八が、またいらぬ口をたたいてしまったと背を向けて、口を塞いだ。

二

店に出たお琴は、土間に立っているおかつの姿を見て、不安に思った。

二月《ふたつき》前までのおかつは、ふっくらとした顔立ちで肌の艶《つや》もよく、明るく元気なおなごだったのだが、今は頬《ほお》がこけて、目の下には疲労のくまができている。

藍染《あいぞめ》の着物も前回会った時と同じで、料理屋を営むせいか、帯の上のあたりに染みがついているが、おかつは気にする様子もなく、すがるような目をお琴に向けた。

「お琴ちゃん、後生《ごしょう》だから、お金を貸してくれないかしら」

「おかつちゃん、またあの人に頼まれたの」

あの人というのは、おかつの店の客だった侍だ。

「今度はいくらなの」

「二両ほど」

お琴は心配した。

「半月前に五両貸したばかりなのよ。もうなくなったの？」

「あの人の目的を果たすためには、お金が必要なの」

おかつの頼みだ。なんとか助けたいと思ったお琴は、うなずいた。

「そう、わかったわ」

「おかみさん」

およねが止めたが、お琴は制した。

帳場に行き、銭箱に手を伸ばすと、中から一分金を集めて紙に包み、おかつの前に戻った。

「二両入っているわ」

おかつが包みに手を伸ばしたが、お琴は渡さなかった。

「渡す前に、ひとつだけ聞かせて」

驚くおかつに、お琴が座敷に腰をかけろと促した。

申しわけなさそうに頭を下げたおかつが、上がり框に腰を下ろした。

およねが茶を持ってくると、心配そうな顔をしながら、夕餉の支度をしに台所に入った。

その背中を見送ったお琴が、おかつに訊いた。

「お金を何に使われているのか、ちゃんとわかっているの?」

するとおかつは、悲しげとも、寂しげとも取れる表情で顔を伏せた。

「あの人は、決して遊び人じゃないんですよ」

おかつは、およねが置いていった湯呑《ゆの》みを持ち、手で包み込むようにした。

湯気が上がる湯呑みを見つめながら、ぽつりぽつりと事情を語りはじめた。

それによると、侍は浪人ではなく、越後国庄田藩《えちごのくにしょうだはん》五万石の藩士で、名を加藤《かとう》源之介《げんのすけ》と言った。

源之介は三年前に、藩の領内を荒らした浪人の集団に父親を殺され、仇討《あだう》ちの旅に出ていたのだ。

北陸を中心に旅をしていたが、賊がいるとの情報を得て、昨年の冬に江戸に来たのだという。

寺で世話になりながら江戸中を捜しているうちに、たまたま浅草で料理屋を営むおかつの店に立ち寄り、通うようになっていたのだが、いつの日からか二人は恋仲になったのだ。

そして事情を知ったおかつが、仇討ちの手助けを願い出て、源之介を家に住まわせるようになった。源之介は、初めのうちはありがたがり、毎日仇《かたき》を捜し歩いていたのだが、先月あたりから塞ぎ込むようになって、金を貸してくれと言いはじめていた。

「そうだったの」

お琴は、おかつの気持ちを察して、辛くなった。騙されているのではないかとは、言えなかったのだ。

おかつは、湯気が上がらなくなった湯呑みを口に運び、一口飲んだ。

「最初は、一分だったの。それが、日が経《た》つにつれて金額が増えていって、蓄《たくわ》えはすべてなくなったわ。でも、あの人が嘘《うそ》を言っているとは思えないの。仇の居所を知っているという人を見つけたらしくて、どうしても二両必要だと言われて……。お琴ちゃん、お願い。これが最後だから、二両貸してください」

「わかったわ。おかつちゃん」

お琴は、二両を包んだ紙を差し出した。

「でも約束して。絶対に、変なところでお金を借りたらだめよ。もうないって、はっきり言わなきゃ」

「ありがとう、お琴ちゃん」

おかつは拝《おが》むようにして金を受け取ると、お琴の店から帰っていった。

奥の部屋では、

「旦那、どうしやす」

権八が、左近に訊く顔を向ける。

権八は先ほどまで、指を丸めて筒状《つつじょう》にした手を襖に当てて耳を近づけ、二人の話を聞いていたのだ。

「おかつちゃんといえば、器量のいい娘でしてね。親から引き継いだ店を一人で切り盛りする働き者なんで。世間の厳しさは知っちゃいるでしょうが、一途なところが心配だ。どうもこう、騙されているような気がするなぁ、おいらは」

腕組みをして心配するが、話を知らぬ左近には、なんのことかつかみきれなかった。

「権八殿、どういうことか、教えてくれぬか」

「ですからね、おかつちゃんがお琴ちゃんに金を借りに来たわけは――」

権八が大まかなことを話し終えた頃、お琴が戻ってきた。

口を閉じた権八が左近から離れると、お琴は権八に目を向けた。

「権八さん、聞いていたの」

問い詰められた権八は、苦笑いしながら答える。

「だってよう、あんなに思いつめたおかつちゃんの顔を、初めて見たからよ、心配だったんだ。いってぇ、どうなっているのかね」

「これが最後だと約束してくれたから、心配ないと思うわ。おかつちゃんはしっかり者だから、大丈夫よ」

「そうかねぇ」

権八は、心配そうに顔を曇らせた。

「はい、お待ちどおさま」

およねが夕餉の支度を終えて、料理を運んできた。

蕗《ふき》の煮物と豆腐の味噌田楽《みそでんがく》。それに桜鯛《さくらだい》の塩焼きもある。

「今日はまた、豪勢だ」

喜ぶ権八が、左近に手を合わせた。

「来てくださった左近の旦那のおかげ。前のように、毎日来てくださいよ、旦那」

「調子のいいこと言ってるんじゃないよ、お前さん。昨日まで、もうあんな奴来なくていい、お琴ちゃんにはいい男を見つけてきてやると言ってたくせに」

およねが失言に気づいて、はっとして手で口を塞いだ。

権八は、ばつが悪そうな顔を袖《そで》で隠し、およねに、馬鹿野郎、と声を出さずに目顔を向けている。

「えっへへへ」

笑いでごまかした権八が左近に酌《しゃく》をしようと膝をにじり寄せたが、左近は横を向き、知らぬ顔をしてお琴から酌を受けた。

「旦那、怒らないでくださいよ。旦那だって悪いんですぜ。ふらりと来たかと思うと、また何カ月も来ないんだもの」

「ちと、野暮用《やぼよう》があったのだ。それもう落ち着いたので、毎日とはゆかぬが、時々顔を出す」

左近は、権八にではなく、お琴に言ったつもりだ。

お琴はそれをわかってくれたらしく、笑みを浮かべてうなずいた。

二人の様子を見て、およねが言った。

「今のお言葉、忘れないでくださいよ、左近様」

「うむ」

「いっそのことお武家をお辞《や》めになって、この家に入られたらもっといいのに」

およねが遠慮なく言うものだから、お琴が驚いた顔を左近に向ける。

左近は大丈夫だと目顔で言うと、ゆるりと酒を飲んだ。

夕餉を終えてお琴の店を出たのは、夜も遅くなった頃だ。

「今日は楽しかった」

見送りに出たお琴に礼を言うと、左近は懐《ふところ》から櫛《くし》を取り出した。

「これを、持っていてくれぬか」

葵《あおい》の御紋《ごもん》が入った櫛を見て、お琴が目を見開き、左近を見た。

「亡き父上が、母上に贈られた物だ。そなたに、持っていてもらいたい」

「わたしのような者が、このように大切な物をいただいては……」

「そなただからこそ、持っていてほしいのだ」

左近はお琴の手を取り、櫛をにぎらせた。

こちらを見つめるお琴の潤《うる》んだ目に、左近の胸の鼓動《こどう》が高まった。抱きしめたい気持ちに駆られたが、

「では、また来る」

左近が手を離し、背を返して帰ろうとした時、お琴が後ろから抱きついてきた。

お琴の温かさを背中に感じて、左近は目を閉じた。

「お琴……」

「少しだけ、このままでいさせてください」

左近は振り返って、お琴を抱き寄せた。

三

翌日、急に降り出した雨のせいで仕事を早めに切り上げた権八は、大工仲間と一杯ひっかけて帰ろうということになり、おかつの店に向かっていた。

その途中で、前から歩いてくる侍を見て、

――ありゃ確か……。

加藤源之介だと気づき、見て見ぬふりをしてすれ違うと、立ち止まった。

「いけねぇ、用事を思い出した。ちょいとすませてくるからよ、先に行っててくれ」

いぶかる仲間に権八はすぐ行くと言い、源之介のあとを追った。

雨はやんでいたが、道はぬかるみ、ところどころに水たまりができている。

黒い無地の着流し姿の源之介は、大小を腰に差し、ゆっくりとした足取りで北へ向かっている。

浅草の北にあるのは、吉原《よしわら》だ。

吉原に行くに違いないと思った権八は、この目で確かめてやると意気込み、気づかれぬように跡をつけた。

源之介は日本堤《にほんづつみ》に上がると、吉原に行く駕籠《かご》の列に交《ま》じって歩みを速めた。

「あの野郎、やっぱり」

――おかつちゃんに金をせびっては、遊び呆《ほう》けていやがる。

権八は、腹を立てて舌打ちした。

遊郭《ゆうかく》に入るところをとっつかまえて、文句のひとつでも言わなきゃ気がすまなくなっていた権八は、源之介の背中を注意深く見続けながらあとを追った。

あたりが薄暗くなりはじめると、田圃《たんぼ》の中に吉原の明かりが目立つようになってきた。赤みを帯《お》びた妖《あや》しい光の中に、蜜を求めて男どもが入っていく。

源之介もそんな男の一人だと思ってついていくと、吉原の大門《おおもん》を潜っていった。権八はまっすぐ奥へ向かう源之介を追っていたのだが、花魁道中《おいらんどうちゅう》がはじまり、大勢の見物客に行く手を塞がれてしまい、見失ってしまった。

「ちょいと、どいてくれ。通してくれ」

見物客をかき分けて進もうとしたが、逆に弾《はじ》き出された。しかも、花魁が通る花道にだ。

尻餅《しりもち》をついた権八は、すぐそばを歩む花魁を見上げて、目を擦《こす》った。

花魁が尻餅をついている権八を見て、微笑《ほほえ》んだのだ。その美しさたるや、この世のものではない。

権八はすっかりのぼせ上がり、源之介のことなど忘れて鼻の下を伸ばし、花魁の後ろ姿を見つめていた。

その伸びきった鼻の下を縮み上がらせたのは、花川戸町のお琴の店に帰ってからだ。

「お前さん、今なんて言ったんだい。花魁がどうしただって？」

熱に浮かされたような顔をして戻った権八は、およねに源之介のことを教えたまではよかったが、つい、花魁がきれいだったと口を滑らせたのだ。

「お前さんまさか、のぼせ上がって遊んできたんじゃないだろうね」

「ば、馬鹿言うない。いくらすると思ってやがる。花魁なんぞ、大工に買えるもんか」

「買えたら遊ぶんだ」

およねに突っ込まれて、権八は話題を変えた。

「おれはな、源之介の野郎を追っただけだ。つまらねぇことぬかしやがると、おめぇにゃ、なぁんにも教えてやらねぇぞ」

「そうそう、そのことだよ。やっぱり遊んでたのかい」

「おうよ。大門を潜るや否《いな》や、脇目も振らずにすうっと奥へ行きやがった。ありゃ、馴染《なじ》みがいるにちげぇねぇ」

腕組みをした権八は、お琴に顔を向けた。

「おかつちゃんには、おれが教えてやろうか。あの野郎、また銭をせびるに決まってるぜ」

するとお琴は、首を横に振った。

「そんなこと言ったら、おかつちゃんが悲しむわ。それに、お見世に入るところは見ていないんでしょう」

「そりゃそうだけどよ。おかつちゃんも金を出し、これまでお琴ちゃんが貸した金も全部使っているとなると、間違いねぇんじゃないかね」

およねが大きくうなずく。

「おかみさん、この人の言うとおりだよ。このままじゃ、おかつさんが可哀そうですよ」

「でも、渡したお金を女遊びに使われていることを知るほうが、辛いと思うの」

お琴がそう言うと、権八夫婦は、それもそうだという顔をして、ため息をついた。

「どうしたらいいものかねぇ」

およねが言い、空になっているお琴の湯呑みに茶を注いだ。

権八は片口鉢《かたくちばち》の酒を手酌《てじゃく》で注ぎ、考える顔で猪口《ちょく》を舐《な》めている。

みんな、おかつが騙されていると思い、なんとかして助けたいのだ。

ゆっくり茶を飲んでいたお琴が、湯呑みを置いた。

「源之介さんには、わたしから言います」

権八たちが驚き、

「なんて言うつもりです。相手はお侍ですよ」

およねが訊くと、権八が続いた。

「そうだよ、お琴ちゃん。おかつちゃんに知られるのを恐れて、何をされるかわからないぜ」

「人が多いところで話せば、大丈夫でしょう」

「いやいや、そいつは危険だ。そん時はよくても、あとから何をされるか。見るからに陰気な野郎だからな」

「そうですよ、おかみさん。この人が言うように、女を騙して金を巻き上げるような男だもの、危ないですよぅ」

「よし、こうなったらおれが言ってやらぁ」

権八とおよねのやりとりに口を挟めずにいたお琴が、慌《あわ》てて止める。

「だめよ、さして知り合いでもない権八さんが言ったら、余計に話がこじれてしまうわ」

「それもそうだよなぁ」

「おかみさんだって、あの男とは一度会っただけなんでしょう」

およねが言い、権八を見た。

「でもお前さんこそ、どうしてあの男のことを知っているのさ」

「そりゃおめぇ、おれはおかつちゃんの店の常連だからよ。はっきり言って、お琴ちゃんより顔を合わせていらぁな」

「自慢するんじゃないよ、この飲んだくれ」

「あ、そうだ」

で続ける。

権八が手を打った。話をごまかすためか、それとも何か閃《ひらめ》いたのか、勢い込んで続ける。

「左近の旦那に一緒に行ってもらうってのはどうだい。旦那のようなお人がそばにいると思えば、源之介も迂闊《うかつ》には手を出せめぇよ」

「いい。お前さんにしちゃいい考えだ」

権八の言葉を聞いたおよねが妙案だとばかりに身を乗り出し、明日さっそく頼みに行くと言う。

左近の正体をすでに知ったお琴がまた慌てた。

「それはだめよ、およねさん」

「どうしてです？」

「だって、こんなことでついてきてもらうのは、悪いわよ」

「大丈夫ですよ、おかみさん。左近様はお暇《ひま》なんだから。ねえ、お前さん」

「おうよ。お琴ちゃんだって、左近の旦那がいてくれたら安心だろう」

「それはそうだけど、谷中のお屋敷におられるかどうか」

「あら、また旅に出るとでも言われたんですか？」

およねに訊かれて、お琴は首を横に振り、懐に入れていた櫛をそっとにぎりしめた。

「左近様が来られるのを待ちましょう。それまでに、源之介さんのことをもう少し探ってみるわ」

「その役目は、おいらにまかせときな」

「ちょいとお前さん、吉原に行こうってのかい」

「馬鹿言うない。おかつちゃんのところで様子を見るのよ」

「ほんとうだろうね」

「こちとら江戸っ子だ。嘘なんざ言うものか」

「じゃあ、お酒代はわたしが」

お琴が小粒金を渡そうとするのを、およねが拒んだ。

「大金を持つとろくなことに使わないから、酒代はあたしが」

そう言って、飲み食いするには十分な銭を渡してやった。

翌日は朝から雨が降っていたため、権八の仕事は休みとなった。

「こいつはありがたい」

源之介を見張る権八は、昼間っから酒が飲めるというので、喜んで出かけた。

おかつの料理屋は、浅草寺の門前にあるのだが、大通りからは二つほど筋が違う通りにあり、客は地元の常連ばかりだった。

昼は近所の小店で働く者や職人たちを相手に商売をするのだが、親に仕込まれた味がいいというので、なかなかの繁盛店である。

小女《こおんな》を一人ほど雇っているが、忙しい時は客が自ら飯を運ぶなどして、おかつを助けていた。

そんなにぎやかな店の二階に、源之介はいる。

店の入口近くの長床几《ながしようぎ》に腰かけた権八は、注文を聞きに来た小女に酒を頼むついでに、源之介の様子をそれとなく聞き出していた。どうやら朝になってから戻ってきたらしく、まだ寝ているという。

「吉原帰りの昼寝とは、いい気なもんだ」

「誰が吉原帰りだって？」

独り言を馴染みの客に突っ込まれて、権八はごまかした。

「吉原で遊んで、昼寝をしたいと言ったのよ」

「大枚《たいまい》はたいて太夫《たゆう》遊びもいいもんだ」

「かかあがいるんだぜ、そんなことできるもんか」

「わはは。だったら切見世《きりみせ》だな。線香一本尽きるまで百文だ。梅毒《びようき》持ちにはご用心。当たれば死ぬと言われる鉄砲女郎《てつぽうじよろう》なんざ、いかがなもので」

「馬鹿」

権八は、あっちへ行けと手を振って、小女が持ってきた酒を飲んだ。

肴《さかな》はどれにしようかと迷ったが、懐具合が許すのはめざしだけ。程よく炙《あぶ》られためざしを肴にちろりを空けていると、二階から源之介が下りてきた。

その顔を見て、

「おや」

権八は首をかしげた。

おかつに出かけると一言告げた源之介は、偉そうな素振りは微塵《みじん》も見せず、なんだか物憂《ものう》げな顔つきをしているのだ。

昨日と同じ、黒い着流しに大小を手挟《たばさ》んで出かける源之介を、板場にいるおかつが心配そうに見送っている。

「昼見世に行くのじゃあるめえな」

権八は独りごちると、残りの酒をがぶ飲みして、勘定《かんじよう》を置いて外へ駆け出た。

案の定、源之介は吉原へと続く道へ曲がった。

昼見世とは吉原の昼の営業のことで、昼の九つ頃（正午頃）から夕七つ頃（午後四時頃）まで遊女たちが働く。客のほとんどは、門限が厳しい藩士たちや、夜の仕事を生業《なりわい》とする者たちで、人出もそれほど多くはない。

「金が尽きるまで遊ぶ気だな」

仇討ちは命がけだ。死ぬ前に遊び呆けるつもりだと察した権八は、裾《すそ》を端折《はしょ》り、雨に煙《けぶ》る道へと駆け出した。

源之介は、雨のせいで人通りがまばらな道を歩み、浅草寺の東側にある随身門《ずいじんもん》前を右に曲がり、寺町へと向かっていく。

昼間の人目を避けるためかと思った権八は、建ち並ぶ寺の門の陰に隠れては様子をうかがいながら、慎重にあとを追った。

すると、源之介が寺の門を潜り、中に入った。

「あの野郎、どこへ行くつもりだ」

古びた寺の門から中に入った権八は、境内《けいだい》の奥へ歩む源之介を追った。そして、庵《いおり》の裏手に行くと、目の前に白刃《はくじん》が突き出され、思わず声をあげた。

「うわわ」

目をひんむいて尻餅をつくと、その鼻先に切っ先が向けられた。

「貴様、店にいた男だな。何ゆえ、拙者をつけ回す」

「おお、お助けを」

「誰に頼まれたのだ。言わぬと斬る！」

「ひっ、命ばかりは」

源之介の必死の声に、権八は目をつむった。

「今一度訊く。誰に頼まれた」

源之介がそう言った時、傘を打つ雨音に気づき、鋭い目を向けた。

「誰だ、そこにいるのは」

すると庵の角から、雨の中で藤色が鮮《あざ》やかな着流し姿の侍が現れた。

「その者を斬ったとて、貴様の憂《うれ》いは消えぬぞ」

振り向いた権八が、

「さ、左近の旦那」

助かったと安堵したが、刃《やいば》を首筋に向けられて、息を吞んだ。

「動くな。近づけばこ奴を斬る」

源之介が言い、左近の足を止めた。

「待て。その者は、おかつのことを案じているだけだ」

「おかつを……」

源之介は、一瞬だけ権八を見下ろした。

「おかつが借金をしてまで金を渡していることを、おぬしは知っておるのか」

「何！」

源之介は知らなかったらしく、驚いた顔をした。

その顔を睨《にら》み上げながら、権八が言った。

「おかつちゃんはな、あんたの仇討ちの手助けになると思って、借金をしてまで金を用意したんだ。その金を吉原遊びに使うとは、とんでもねえ野郎だ」

「違う。拙者は、吉原で遊んでなどおらぬ」

「嘘つきやがれ。おいらはこの目で見てんだ」

「黙れ！　何も知らぬくせに！」

源之介が、刃をぐいと近づけた。

「ひいっ」

「よさぬか！」

左近が一喝《いっかつ》すると、源之介が鋭い目を向けた。

左近はその視線を受け流すように、柔和《にゅうわ》な顔で言った。

「ここは刀を納《おさ》めて、おれに話を聞かせてくれぬか。仇討ちのことで、力になれるかもしれぬ」

「何者だ、貴様は」

「おれの名は新見左近。しがない浪人者だ」

「浪人だと……」

浪人と聞いて、源之介の目に落胆の色が浮かんだ。

「……たかが浪人者の言うことなど、信用できぬ」

すると、権八が怒った。

「やい、源之介、今のは聞き捨てならねぇな。このお方は、ただの浪人じゃねぇ。これまでいろんな人を助けてこられたお方だ。しんぺえごとがあるなら言ってみやがれ。きっと力になってくださるからよう。ついでに言っとくが、左近の旦那はめっぽう強いぜ。まいったか、この野郎」

源之介は驚いたような目で左近を見た。

「刀を納めて、話してみぬか」

ふたたび左近が言うと、源之介は目を地面に下げた。それと同時に、刀に込めていた腕の力も抜け、権八の首筋から離すと、納刀《のうとう》した。

権八が雨でびしょ濡れの顔を両手で覆《おお》い、命が助かったことに安堵の息を吐いた。

四

左近は源之介と権八を連れて、近くの料理屋に入った。

まずは雨で冷えた身体を酒で温めようと言い、左近は小女が持ってきた熱燗《あつかん》を源之介にすすめた。

「旦那、どうしてあの寺におられたので？」

権八に訊かれて、

「お琴から話を聞いたのだ」

左近が答えると、

「ああ、なぁるほど」

権八は、左近がお琴を訪ねたことが嬉しいらしく、明るい顔をした。

権八が源之介を調べるために出かけたと聞いた左近は、気になっておかつの店に向かっていたのだが、途中で源之介の跡をつける権八の姿を見かけて、あとを追っていたのだ。

左近は源之介に二杯目の酒を注ぐと、権八にも注いでやり、手酌で自分の猪口を満たした。

「源之介殿、この者たちは、おかつ殿のことを案じておるのだ」

「拙者が居候《いそうろう》しているからですか」

「居候はともかく、大金を用意させているだろう」

左近が言うと、源之介が目線をはずした。

「あなた方には、関わりのないことだ」

「それが、関わりがあるんだな」

権八が口を挟んだ。

「あんた、あの金を、おかつちゃんがどう工面してるのか、知ってるのかい」

「店の売り上げだ。借金などしておらぬと、おかつは言っていた」

「冗談じゃねぇですぜ。おいらたちのような小銭しか持っていない客を相手にする商売で、七両もぽんと出せるわけねぇでしょう。借りてるんですよ、人から」

権八に言われて、源之介は驚いた顔をし、目を泳がせた。

「まさか、高利貸しに」

権八が首を横に振る。

「いえ、三島屋のおかみさんですよ。仲のいいおかつちゃんに頼まれて、黙ってお渡しになった金です」

「そうでしたか」

ばつが悪そうな顔をしている源之介に、権八が続けた。

「おかつちゃんは、旦那の助けになればと思って金を用意されたんでしょう。その金を、吉原で使っちゃいけませんや」

「源之介殿、金は仇討ちのためではなく、女を買うために使っているのか」

左近が訊くと、源之介はうなずいた。

「どうにもならないこの気持ちを忘れるために、つい、遊んでしまったのです」

やっぱりそうだった、おかつちゃんが可哀そうだと小言を並べる権八を黙らせた左近は、うつむいている源之介に顔を向けた。

「詳しく話してみぬか」

源之介がちろりに手を伸ばした。先ほどまで見せていた険しい表情は消え、物悲しげな顔をしている。

「情けない話です」

そう言うと、手酌で猪口に注ぎ、一口舐めてから語り出した。

源之介は少し老《ふ》けて見えるが、まだ二十四歳だという。

その源之介が吉原に足を運んでいたのは、親の仇である赤松綜左《あかまつそうざ》を見つけていながら、相手の強さに怖気《おじけ》づき、手出しできぬ自分に嫌気が差してのことだった。自棄《やけ》になっていたのだ。

赤松綜左が親の仇となったのは、三年前のことだ。

赤松という男は、五人の無頼浪人と共に北陸の各地を転々とし、ゆすりたかり、強盗殺人を繰り返す極悪人だ。

その赤松が庄田藩の領内に入り、役人の目が届きにくい農村に潜伏《せんぷく》して、若い娘を攫《さら》い、食い物を盗むなどの悪行を重ねていた。そしてその村を拠点に、町へ出て商家を襲い、金品を強奪していたのだ。

このことが藩の知るところとなり、国家老は、郡廻《こおりまわ》りの役人で、藩で一番の遣《つか》い手《て》だった源之介の父に、赤松の成敗を命じた。

父は源之介にも供を命じ、配下の者を率《ひき》いて村に向かったのだが、奮闘むなしく、新陰流《しんかげりゅう》の達人である赤松に斬り殺された。

無頼浪人の一人に重傷を負わされた源之介は、配下の者に助けられて命を落とさずにすんだが、極悪人の赤松を取り逃がしたことを国家老に責められ、父にかわって八十石の家督《かとく》を継ぐことも許されず、仇討ちを命じられたのだ。

傷が癒《い》えるのを待って、源之介はわずかな路銀《ろぎん》を持ち、国を出た。

以来、北陸を中心に捜し歩いたが、赤松の行方をつかむことはできず、気がつけば、二年が過ぎていたという。

路銀も底を突き、旅先で小金を稼いでは旅を続ける暮らしをしていたのだが、母を幼《おさな》くして亡くし、兄弟もいなかった源之介は、国許《くにもと》の親戚への手紙を絶《た》やさずに送り続けていた。

その親戚によって、赤松らしき男を江戸で見たという藩からの知らせが届けられ、昨年の冬に江戸へ出てきたのだ。

「赤松綜左は、悪事を重ねたことなどなかったかのような顔をして、新堀村《につぽりむら》で道場を開いておりました」

話を聞いて、左近はうなずいた。

「おぬしが旅をしているあいだに、江戸で腰を据《す》えていたのだな」

「はい。門弟は浪人ばかりで、裏では何をしているかわかりませんが」

「道場へ行ったのか」

「はい。ですが、中へは入れませんでした。やっと親の仇を見つけたというのに、いざ押し込もうとすると、父が斬られた時のことが目に浮かび、足がすくんで身体の震えが止まらなくなるのです。侍のくせに、死ぬのが怖いのですよ」

「死を恐れぬ者などおらぬ。深手《ふかで》を負わされたのだから、なおさらだ」

左近はそう言うと、源之介の右手を見た。

先ほど刀をにぎっている姿を見た時に気づいたのだが、源之介の右手は、刀に添えているだけなのだ。

左近の目線に気づいた源之介が、左手で右手を隠すようにした。

「お察しのとおり、筋を斬られ、指がほとんど動かぬのです」

「その身体では、殺されに行くようなものだ。仇討ちを命じるとは、国家老も酷なことをする」

「どのみち、この手では字もろくに書けませんので、家督を継ぐことなど、無理なのです」

「仇討ちをあきらめることは、できぬか」

左近が言うと、源之介は驚いた顔をした。

「そのようなこと、考えたこともござらぬ。恐ろしいと思うているくせに、矛《む》盾《じゅん》した話です」

「源之介の旦那、差し出がましいことを言いやすが、そのお身体じゃ無理ですよ」

権八が言うと、源之介が睨んだ。

「親の仇を討つのは、子の務めだ」

「そうでしょうけどね、今日まで親身になって支えてくれた、おかつちゃんはどうなるので？」

訊く権八に、源之介は悲壮な覚悟を秘めた表情で言い放つ。

「それを言うな。たとえ指が動かなくとも、刺し違えてでも一太刀《ひとたち》浴びせねば、父の無念が晴らせぬ」

「今日こうして会ったのも、何かの縁。相手が極悪人ならば、おれが助太刀《すけだち》いたそう」

左近が買って出ると、源之介は固辞《こじ》した。

「そう言ってくださるのはありがたいのですが、見ず知らずのお方に迷惑はかけられませぬ。吉原通いはもういたしませんので、ご安心ください。おかつが借りた金は、この脇差でお返しいたします」

源之介は脇差を鞘ごと抜き、左近に差し出した。そしてこれ以上構うなとばかりに頭を下げると、長床几から立ち上がった。

「源之介殿」

左近が呼び止めると、背を向けていた源之介が、横顔を向けて応じた。

「おかつ殿のために、仇討ちをやめる気はないのか」

「やめる気はありませんが、意気地《いくじ》もないわたしです。この先も、こころが晴れることはないでしょう」

「では、これは持っていろ」

左近は脇差を返した。

「その手ならば、脇差のほうが有利。いっそのこと、小太刀《こだち》を極めたらどうか」

「なるほど」

左近の思わぬ助言を耳にし、源之介が明るい顔をした。

「仇討ちは、小太刀を極めてからにすればよい。それまで、江戸で修行をすることだ。おれの知り合いの道場を紹介しよう」

「かたじけない。では、借りた金は、これで返します」

源之介が脇差を腰に戻し、大刀のほうをはずすと、左近に差し出した。

「脇差ほどの物ではござらぬが、七、八両にはなろうかと」

「いや、それは受け取れぬ。仇討ちを見事果たせば、藩への帰参《きさん》が叶うのだ。その時に刀がなければ困ろう」

「しかし……」

「ではこうしよう。おれは仇討ちの助っ人はできぬが、源之介殿の力になりたい。腕がだめなら、これで助っ人をさせてはくれぬか」

左近はそう言うと、懐から財布を取り出し、小判を十枚抜くと、源之介に差し出した。

「だ、だ、旦那！」

権八が、左近が大金を持っていることに驚いた。

「その金は、いってぇどうしたんで？」

「うむ、父がくれた金だ」

権八が、はぁ、と首を横に振り、感心したように腕組みをした。左近は、育ての親である新見正信の死を、権八たちには言っていないのだ。

「おかつ殿がお琴、いや、三島屋の女将《おかみ》に借りた金は、これで返すがいい。残りは道場の稽古《けいこ》代だ。道場主へは明日紹介しよう」

「新見殿、今日知り合ったばかりのそれがしに、何ゆえそこまでしてくださるのです」

「おれは悪党が許せぬだけだ。しっかり剣の腕を磨いて、立派に仇討ちを果たされよ」

「かたじけない」

「おれから金を受け取ったことは、おかつ殿には黙っておいてくれ」

「しかし……」

「そうしてくれぬか」

左近が言うと、源之介は十両を拝むようにして受け取り、深々と頭を下げて帰っていった。

「旦那、あんなこと言って、いいんですかい」

「うむ?」

「道場を紹介することとですよ。生半可《なまはんか》な自信をつけて仇討ちに行って返り討ちにでもされたら、おかつちゃんに恨《うら》まれますよ」

「そのことは、泰徳殿に言っておく」

「道場ってのは、岩城道場ですかい」

「うむ。甲斐無限流《かいむげんりゅう》の小太刀の技を身につけるには、四、五年はかかろう」

「まさか旦那、それを知ってて、道場を紹介するとおっしゃったんで」

「今のままでは、返り討ちにされて命を落とす。赤松ほどの悪党ならば、源之介殿が小太刀の技を身につけるまでに、勝手に身を滅《ほろ》ぼすであろう」

「なぁるほど」

「権八殿、おれが金を出したことは、お琴には内緒にしておいてくれ」

「がってん承知」

「では、飲みなおそうか」

「お、いいねぇ」

権八は大喜びして、小女に酒を注文した。

五

源之介は、これまでのことをおかつに詫びるために、急いで帰っていた。

花川戸町から出る頃には雨も上がり、空には日が差してきた。

道はぬかるんでいるが、人通りも増え、買い物を急ぐ下女や下男が、水たまりを避けながら小走りしている。

源之介は懐に入れた十両の重みを感じながら、すりに遭わぬよう気をつけて、道の端を歩んでいた。

おかつの店と同じような料理屋の前を通り過ぎた時、ふと格子窓《こうしまど》から店の中が見えた。

雨で仕事にならない連中が集まっているのか、床几は満席で、にぎやかな笑い声や、大声で話す酔客の声が、通りまで聞こえていた。

店が大繁盛しているのを見て、おかつも忙しくしているのではないかと思い、

「今日は、手伝ってみようか」

——酒ぐらいは運べる。

源之介はそう決めて、帰り道を急いだ。

その姿を、店の中から見ている者がいたことに、源之介は気づかなかった。

酒の入った湯呑みを置き、急に立ち上がった浪人者を、共に飲んでいたもう一人がいぶかしげに見上げた。

「おい、急にどうした。いい女でも見つけたのか」

浪人者は答えずに外へ歩み出ると、源之介の後ろ姿を見つめた。

遅れて出てきた仲間に、

「間違いない。加藤源之介だ」

浪人者が言うと、もう一人が源之介を見て、眉間《みけん》に皺《しわ》を寄せた。

「何者だ」

「庄田藩の村で、おれが斬った若造だ。あの野郎、生きていたか」

そう言うと、仲間は目を丸くした。

「先生が斬った藩士の倅《せがれ》か」

「そうだ。親の仇である赤松先生を追ってきたに違いない」

二人の浪人たちはそう言うと、源之介の住処《すみか》を突き止めるべく、あとを追った。

そして、源之介がおかつの店に入るのを見届けると、さりげなく近づき、中の様子をうかがった。

少しだけ開けられた障子の外から、鋭い目が向けられていることに気づかない源之介は、店の客に愛想笑いをして板場に入り、声をかけた。

「おかつ、今戻った」

「お帰りなさい。早かったのですね」

「うむ」

「おぉい、酒はまだかい」

客の声に応じるおかつを制して、源之介は刀をはずし、板場の壁に立てかけた。

「おれが運ぼう」

そう言うと、おかつが目を見張った。

「いけません、お武家様が酒を運ぶなんて」

「いいのだ。おれは浪人も同然の身だからな。手伝わせてくれ」

源之介は笑って言い、不自由な右手に盆を載せ、左手でちろりを取ろうとした。

おかつが手を差し伸べてちろりを湯から上げると、布で湯を拭《ふ》き、盆に載せた。

その様子を見ていた浪人者の一人が、

「おれは顔が知られておらぬ。探ってきてやろう」

客になりすまして店に入り、板場のそばに座った。

注文を聞きに来た小女に酒を頼み、板場に背を向けると、聞き耳を立てた。

そうとは知らず、酒を運んだ源之介が板場に戻り、小女がちろりを持って出るのを見届けてから、おかつを隅に連れていった。

「おれは明日から、道場に通うことにした。今のままでは、赤松に勝てぬからな。何年かかるかわからぬが、片手で闘える小太刀の技を身につけ、仇討ちを果たす」

「はい」

おかつが寂しそうな顔をしたのを見て、源之介は言った。

「そうなれば、藩への帰参も叶う。おかつ、その時は、おれの妻になってくれ」

　急に言われて動揺したおかつは、源之介に背を向けてあたりを見回し、咄嗟《とっさ》に葱《ねぎ》を持つと、包丁で切りはじめた。

「おれは必ず赤松を倒す。返事は今でなくともよい。考えておいてくれ」

　源之介はそう言うと、板場の外に目を配り、誰も見ていないのを確かめると、おかつの横に並び、懐から小判を取り出した。

「見てくれ、七両ある」

　驚いたおかつが包丁を置いて、源之介を見た。

「これまで、無理をさせてすまなかった」

「どうなされたのですか」

「うむ」

　源之介は、左近が出してくれたとは言わずに、もう必要なくなったのだと嘘をついた。

　店から酒を注文する声がしたので、源之介はおかつの手を取って小判をにぎらせると、酒を運んで板場から出た。

おかつは、源之介が立ち直ってくれたと思い、小判をにぎりしめた手で目を覆い、声を殺して泣いた。

その様子を見て心配した小女のおみつが、

「女将さん？」

板場の入口から声をかけた。

「なんでもないのよ」

おかつは笑みで応じて、おみつに背を向けて小判を懐に入れると、桶《おけ》の水で手を洗い、注文を受けていた料理を用意した。

板場で忙しく働くおかつの胸のあたりをちらりと見た浪人者は、笑みを含んだ顔でちろりの酒を飲み、勘定を置いて出た。

雨上がりの道を歩みはじめると、外で待っていた仲間が肩を並べてきた。

「どうだ、様子は」

「奴はどうやら、右手がうまく使えぬようだ。しかし、片手でも闘える小太刀を習うと申しておった」

「やはり、仇討ちのために江戸に来たのか。先生にお知らせせねば」

「まあ待て、おれたち二人でやろうじゃないか」

「うむ？」

浪人者は、おかつが大金を持っていることを教えた。

「今夜踏み込んで源之介とやらを斬れば、お宝はおれたちで山分けだ。ついでに女もいただこう」

源之介の右手を不自由にした浪人者は、仲間の悪だくみにほくそ笑み、

「おもしろい。では、夜まで休もうか」

そう言うと大川《おおかわ》のほうへ足を向け、船宿《ふなやど》に入った。

そして靄《もや》がかかる大川を眺《なが》めながら酒を飲み、ひと眠りすると、日が落ちた頃に船宿を出て、おかつの店へ向かった。

おかつの店は、まだ商いをしていた。

昼間より客が増え、店の中からにぎやかな声がしている。

上げ戸を下ろした商家の角に身を潜《ひそ》めるようにした浪人者は、闇の中に白い目を光らせ、舌なめずりしながら待っている。

単《ひとえ》に黒羽織《くろばおり》を着けた八丁堀同心《はっちょうぼりどうしん》が、御用聞《ごようき》きを連れて夜の見廻りに来ると、浪人たちは一旦離れ、別の店で半刻《はんとき》（約一時間）ほど過ごして帰ってきた。

店の客も帰りはじめ、さらに半刻待つと、小女が店をあとにした。

最後の客をおかつが送り出し、暖簾をはずして中に入って、腰高障子《こしだかしょうじ》を閉める。

「そろそろだ」

「行くか」

「よし」

二人は、抜かりなくあたりを見回し、人の目がないのを確かめると、店の横手の路地に駆けていった。

板場に入る戸を蹴破り、洗い物をしていたおかつを捕まえた。

床几に座り酒を飲んでいた源之介は、突然のことに驚いたが、傍《かたわ》らに置いていた刀を咄嗟に抜いた。

「おかつ！」

「動くな！」

浪人者が、おかつに切っ先を向けた。

おかつを後ろから捕まえているもう一人の浪人者が、嬉々《きき》とした顔でおかつの胸元に手を入れ、懐をまさぐった。

悲鳴をあげて抵抗するおかつであったが、男の力には敵《かな》わず、小判を抜き取られた。

「へへ、あったぜ」

「貴様ら」

源之介が前に出たが、

「動くと突くぞ」

おかつに切っ先を近づけられて、足を止めた。

「金なら持っていけ。女は放してくれ」

源之介は納刀して見せた。

「頼む、女には手を出さないでくれ」

「どうする、相棒」

いっぽうが言うと、おかつを捕まえている浪人者が、源之介に言った。

「腕が痛むか、若造」

言われて、源之介は右手を持ち、はっとした。

「貴様、あの時の！」

「思い出したか」

浪人者は、勝ち誇《ほこ》ったような顔で言う。

「女の命が惜しければ、刀を鞘ごとこっちへ投げろ」

源之介は、言われたとおりに大刀を投げ捨てた。

「小太刀を習うそうだな」

仲間の浪人者が馬鹿にして言うと、板場から出た。

「身につけるまで待ってやるのも一興《いっきょう》だが、この新刀の斬れ味を試してみたい」

右手に持った刀の切っ先を源之介に向けるや、

「むんっ！」

切っ先を上に転じて両手で打ち下ろした。

源之介は後ろに跳びすさり、辛《かろ》うじて刃をかわした。箸入《はしい》れを投げたが、刀を振るって弾き飛ばした浪人者は、そのまま向かってきた。

源之介は床几を蹴って浪人者の足を妨《さまた》げ、店の中を逃げ回った。

「ええい、ちょこまかと」

苛立った浪人者が床几に土足で上がり、刀を振るって下から斬り上げる。

源之介が脇差を抜いて受けようとしたが弾き飛ばされ、頬を浅く斬られた。

斬られるという恐怖が身をすくませ、源之介は悲鳴をあげて、手当たり次第に物を投げつけた。

「人殺しだ！」

と言う声が突然した。

道を歩いていた者が騒ぎに気づき、店の中をのぞいたのだ。

「誰か！　人殺しだ！」

悲鳴のような男の声に、刀を振り上げていた浪人者が目を見張った。

「おい」

おかつを捕まえていた浪人者が、逃げるぞと仲間に言った刹那《せつな》、おかつに腕を嚙《か》まれた。

「ぐあぁ」

思わぬ抵抗に怯《ひる》み、外へ逃げようとしたが、おかつがつかみかかった。

「お金を返して！」

「ええい、放せ！」

おかつを突き放し、抜いた刀を振り下ろした。

「ぎゃああっ」

背中を斬られたおかつが、悲鳴をあげて倒れると、浪人者は戸口から駆け出した。

「おかつ！」

叫ぶ源之介の前にいた浪人者が、表の腰高障子を蹴破って外に出ると、通りにいた町人たちに顔を見られまいと袖で隠し、

「どけい！」

刀を振るいながら、夜道を逃げ去った。

板場に倒れているおかつに駆け寄った源之介は、背中を斬られた姿を見て、絶句した。

藍染の着物に黒い染みが広がり、斬られた肌が、ざくろのように割れている。

「おかつ……」

肩を揺すると、おかつが呻《うめ》き声をあげた。

息があることに安堵した源之介は、外に駆け出た。

「誰か！　医者を、医者を呼んできてくれ！」

野次馬に向かって叫ぶと、

「医者だ」

「弘安《こうあん》先生を呼んでこい」

男たちから声があがり、数人が駆け出した。

源之介はおかつのところに戻り、洗ってある布を取ると、傷口を押さえた。

痛みに呻き声をあげるおかつに、

「すぐ医者が来るからな。それまでの辛抱《しんぼう》だぞ」

眠らぬように、声をかけ続けた。

程なく駆けつけた若い医者が、源之介をどかせると、傷の具合を調べた。

「これはいかん。布団はあるか」

訊かれて、源之介が二階にあると言うと、

「上には連れていけぬ。小上がりに敷いてくれ」

医者が命じた。

予断を許さぬ状態だと悟った源之介は、急いで布団を持ってくると、小上がりの衝立《ついたて》を蹴り飛ばし、布団を敷いた。

弘安が付き人に命じて、おかつを運ばせ、うつ伏せにさせた。

着物を切り、背中を露《あら》わにすると、焼酎《しょうちゅう》をかけた。

おかつは呻き声もあげなくなり、目をつむっている。

「おかつ！　おかつ！」

「静かにしろ！」

弘安が怒鳴り、必死に治療をした。

四半刻《しはんとき》（約三十分）が過ぎた頃になって、弘安が安堵の息を吐き、汗を拭った。

「血が止まったので、もう大丈夫だ」

源之介が頭を下げると、弘安が付き人に言った。

「今夜は熱が出るので、朝まで泊まり込んで様子を見よう」

付き人の若い男がうなずき、源之介に盥《たらい》と水の支度を頼んだ。

奉行所の同心が来たのは、源之介が板場に水を取りに行こうとした時だった。

「これは、派手に暴れたな」

同心が店の様子を見て言うと、源之介に鋭い目を向けた。

「酔った席での喧嘩《けんか》か」

源之介は答えずに、盥に水を入れて付き人に渡すと、同心の前に歩み寄った。

「おそらく、物取りではないかと」

「おぬしは、客ではないのか」

「はい。店の女将と、将来を誓《ちこ》うた者でございます」

源之介が言うと、御用聞きが同心に耳打ちした。

居候していることを知っているらしく、御用聞きから話を聞いた同心が、源之介を見てうなずいた。

「よかろう。して、何を盗《と》られたのだ」

「金を奪われました」

「いくらだ」

「七両ほど」

「七両！」

こんな店にそんな大金があるのかと思ったらしく、同心は疑いの目を向けた。

「嘘ではあるまいな」

「はい」

「して、賊の顔を見たのか」

「はい」

「出入りしていた客だな」

金があると知っていて押し込んだのだろうと先回りして訊く同心に、源之介は赤松の手下だとは告げなかった。父を殺され、愛しい者を傷つけられた恨みを晴らす邪魔をされたくなかったからだ。

知らぬ顔だと源之介が言うと、同心は、おかつの具合を見もせずに、

「まだ近くにいるかもしれん。捜すぞ」

御用聞きに言うと、探索に向かった。

おかつのそばに戻った源之介は、弘安に容体《ようだい》を訊いた。

「先生、おかつは助かるのですか」

「息遣いも落ち着いているので、朝までには意識が戻るでしょう。心配はいりませんよ」

治療をする時とは別人のように穏やかな声で言われて、源之介は安堵した。

「ひとつ、頼みたいことがあるのだが」

源之介に言われて、弘安が顔を上げた。

「なんでしょう」

「ちと、出かけねばならぬ。ここに、三両ある。明日の朝、新見左近と申されるお方が来られるので、渡してもらえぬでしょうか」

弘安は三両を受け取った。

「新見殿ですな。確かにお預かりした」

「おかつを、頼みます」

源之介はそう言うと刀を持ち、店から出た。

そして、恨みに満ちた鋭い目を通りの闇に向けると、歩みはじめた。

六

新見左近が源之介を迎えにおかつの店に行ったのは、朝の五つ頃(午前八時頃)だった。

「ごめん」

声をかけて店に入ると、荒らされた中の様子に驚き、小上がりにいた者に目を向けた。

「何があったのだ」

左近が訊くと、若い男が頭を下げた。

「新見殿か」

「うむ。そこもとは」

「医者の弘安と申します。夕べ、この店の者が賊に襲われたので、朝まで診《み》ておりました」

左近が奥に入ると、おかつがうつ伏せで寝ていた。

「斬られたのか」

「背中を斬られましたが、たった今、意識が戻られた。もう大丈夫です。加藤源之介殿から、これを預かっておりますぞ」

弘安から三両を渡されて、左近は目を見張った。

おかつが、悲しげな顔で左近を見ている。

「源之介殿は、どこへ行ったのだ」

左近が訊くと、弘安が答えた。

「用があると言われて昨夜出かけられたのですが、おかつさんが言うには、仇討ちに行ったのではないかと」

「……あの人を、助けてください」

声にならぬ声でおかつが言い、震える手を合わせた。

「しまった」

左近は、おかつを斬ったのが赤松だと思い、店から飛び出すと、新堀村へ向けて駆け出した。

その背後から、吉田小五郎《よしだこごろう》が追いついてくる。

「殿」

「小五郎か。先に新堀村へ行き、赤松道場を捜せ。源之介を死なせてはならん」

「はは」

左近を陰ながら守る忍びの小五郎が前に出て、新堀村へ向かった。


左近が浅草を出て、どれほどの時が経ったであろうか。

加藤源之介は、昨夜から竹藪《たけやぶ》に身を潜め、赤松道場を見張っている。

風に竹の葉がざわつき、雀《すずめ》が藪の中で騒いでいる。

しかし源之介には、それらの音は聞こえていなかった。一晩にして顔はやつれ、目の下には、くまができている。

総髪《そうはつ》は乱れ、肩まで垂れた髪を構うことなく、源之介は左手で大刀を抜き、人差し指と親指が微《かす》かに動く右手で柄《つか》をにぎると、紐《ひも》で手を縛りつけた。

そして恨みに満ちた恐ろしい形相《ぎようそう》で、道場に目を向けた。

門弟らしき男が屋敷の前の道を歩み、正門の前で訪《おとな》いを入れた。

すると、それを合図に一日の稽古がはじまるのか、門弟を招き入れるために、正門が開けられた。

源之介は、この時を待っていた。

竹藪から道に駆け下りると、一気に門へと迫った。

足音に気づいて振り向いた門弟の首を刎《は》ね、源之介は門内へ駆け込んだ。

別の門弟が驚き、口を開けて尻餅をつくのには目もくれず、源之介は母屋《おもや》の玄関から土足で上がると、襖という襖を開けて奥へ進んだ。

部屋に人がいれば容赦《ようしゃ》なく斬り、さらに奥へと進み、廊下に出た。

悲鳴によって道場の者たちが押し入った者に気づき、廊下や庭に駆け出た。

「曲者《くせもの》じゃ！」

そう叫んだ者の腰に、右手に縛りつけた大刀を突き入れ、足で蹴って引き抜いた。

門弟が突っ伏した庭の先に、おかつを斬った浪人者が立ち、鋭い目を向けている。

「死にに来たか、馬鹿めが」

そう言うと、腰を低くして抜刀《ばっとう》した。

その時、浪人者の背後にある廊下に、親の仇である赤松綜左が現れた。

「こ奴か、わしを斬ろうとしているのは」

「赤松、庄田藩での悪行を忘れたとは言わせぬぞ」

「忘れてはおらぬ。貴様の父は藩内きっての遣い手と聞いていたが、赤子のように弱かったからのう」

赤松が馬鹿にすると、取り巻きの浪人どもが、あざけるような笑い声をあげた。

おかつを斬った浪人者が続けるように口を開く。

「親が親なら子も子ですよ、先生。昨夜も逃げ回っておりましたからな」

「貴様ぁ」

源之介は刀を正眼《せいがん》に構え、浪人者に斬りかかった。

一刀を受け止められたが、源之介は怒りにまかせて突き飛ばし、力まかせに刀を振り下ろした。

浪人者は辛うじて受けたが、源之介の力が勝《まさ》り、刃が肩に斬れ込んだ。

悲鳴をあげた浪人者が、歯を食いしばって刀を押し返す。

「おのれ！」

横に一閃《いっせん》した切っ先が、源之介の右の太腿《ふともも》を傷つけた。

「うっ」

痛みに怯んだ源之介を狙い、別の浪人者が斬りかかってきた。

源之介は刀で刃を受けたが、右手に力が入らず、肩を押し斬られた。

「ぐわっ」

鮮血がほとばしり、右手がだらりと下がった。

手に刀を縛りつけたことが仇《あだ》となり、源之介は次に襲いくる刃を受け止められず、胸を斬られた。

「うぐっ、ぐぐっ」

苦しみに呻きながらも、恨みを込めた目を、赤松と、おかつを斬った浪人者に向けた。

左手で脇差を抜き、だらりと下がった大刀を引きずりながら、

「親の仇め。覚悟」

刺し違える覚悟で迫った。

赤松は冷めきった目で見下ろすと、

「とどめを刺せ」

配下に命じた。

応じたのは、源之介の右手を不自由にし、おかつを斬った、恨んでも恨みきれぬ浪人者だ。

「おのれぇ」

源之介は血走った目を見開き、脇差を振り上げた。

浪人者は、力ない源之介の脇差を払い飛ばすと、腹を蹴り倒した。

仰向《あおむ》けに倒れた源之介を跨《また》ぎ、

「今度こそ、死ね」

刀の切っ先を下に向け、喉を突こうとしたその刹那、額《ひたい》に手裏剣が突き刺さった。

目を大きく見開いた浪人者が、源之介が見ている目の前で、仰向けに倒れた。

「な、何奴じゃ！」

突然のことに驚いた赤松が、庭を見回した。

すると、町人姿の小五郎が現れ、その後ろから、藤色の着流し姿の左近が現れた。

左近は、血だらけで倒れている源之介に歩み寄った。

「源之介、しっかりせい」

薄目を開けた源之介は虫の息だったが、

「お、おかつ、は……」

と、声を絞《しぼ》り出した。

左近は耳元で、無事だ、とささやいた。

すると、源之介は笑みを浮かべてうなずき、そのままこと切れてしまった。

膝をついている左近の正面から、一人の浪人者が斬りかかってきた。

頭を狙って打ち下ろされた刀を、立ち上がりながら安綱を抜刀して受け流した左近は、返す刀で上から打ち下ろし、つんのめるかたちとなっていた相手の首の後ろを斬った。

皮一枚で繋《つな》がっている首がだらりと下がり、浪人者は突っ伏した。

その見事なまでの剣さばきに、左近に斬りかかろうとしていた者どもの足が止まった。

小五郎が左近の背後を守り、手裏剣と小刀を構えている。

左近は赤松に鋭い目を向け、安綱をゆるりと構えた。

――問答無用。

そう悟った赤松は黙って刀を抜き、鞘を捨てた。

「新陰流、まいる」

赤松は姿勢を低くして、刀の柄を下げて構えているが、切っ先は左近の顔に向けられている。その構えに対し、左近は正眼の構えで応じた。

「やあっ！」

下から顎《あご》を狙って突き上げると見せかけて、胴を払いに来た赤松の刃を、左近は安綱の切っ先を下に向けて受け流した。

鋼《はがね》と鋼が擦《こす》れ合う音がした次の瞬間には、左近は身を転じて安綱を振るい、すれ違う相手の首から背中に繋がる急所を斬っていた。

棒立ちになった赤松は、声もあげることなく目を見開き、顔から地面に倒れ伏した。

左近は赤松を振り返りもせず、正面にいる浪人どもを睨んでいる。

浪人どもは、葵一刀流《あおいいっとうりゅう》の凄《すさ》まじい剣を目の当《ま》たりにして戦意を失い、腰を抜かさんばかりに後ずさると、散り散りに逃げ去った。

左近は長い息を吐くと、安綱の血振《ちぶ》りをして納刀した。そして、悲しげな目を、源之介に向けたのである。

安堵して息絶《いきた》えたせいか、源之介は、微笑んでいるような顔をしていた。

背中の傷が癒えたおかつが源之介の墓に手を合わせたのは、半月後のことだ。

源之介の亡骸《なきがら》は左近の計らいで、庄田藩の藩邸に送られた。

藩主、岡田摂津守《おかだせっつのかみ》は、源之介を運び入れたのが甲府の綱豊だと知り、慌てて上座を譲ると平身低頭《へいしんていとう》して、手をわずらわせたことを詫びた。

「加藤源之介殿は、見事に仇討ちを果たされた。約束どおり、帰参を許してやってほしい」

「は、ははあ」

左近の一言で源之介の帰参は叶い、亡骸は庄田藩の菩提寺《ぼだいじ》にある家臣たちの墓地の一角に葬《ほうむ》られた。

お琴に連れられて寺を訪れたおかつは、武士として立派に建ててもらった源之介の墓に手を合わせ、涙を流した。

父親を失った日からはじまった苦難の日々が終わったのだと言い、安らかに眠ることを願った。

おかつが愛した加藤源之介の墓には、長年にわたり、白い花が絶えることがなかったという。

第二話　天井の穴

一

浅草御蔵前《おくらまえ》通りを歩いていた金三《きんぞう》は、前から歩いてくる女の美しさに目を見張り、立ち止まった。

うだるような暑さのせいで、道ゆく者たちは顔をしかめたり、ぼうっとした顔で歩いているのがほとんどだが、その女は汗も浮かべずに、涼しげな顔で歩んでいる。

見ているだけで心地よいとは、こういうことだ。

金三は青みがかった白地の着物を着た女とすれ違うや、女の付き人の小僧がいぶかしげに見ているのも気にせずに、あとからついていった。

小僧が少し進んでは振り向き、ついてくる金三を警戒して女に何ごとかささやくと、女が振り向いた。

金三は立ち止まり、女の顔を改めて見たのだが、あまりの美しさに息を呑《の》んで、頭が痺《しび》れてきた。

女はそんな金三を不気味に思ったのか、小僧を促《うなが》して背を返し、足を速めた。

その背中に引きつけられるように、金三も歩み出す。そして女と小僧が蔵前の米屋に入るのを見届けると、三辻《みつじ》の角にたたずみ、看板を見上げた。

「高井屋《たかいや》といやぁ、大店《おおだな》だ」

店の名を見る時の金三の目は、先ほどのうっとりとしたものとはまったく違い、したたかなものに変わっている。獲物を狙う、盗《ぬす》っ人《と》の目だ。

思わず唇《くちびる》を舐《な》めた金三であるが、女の顔が目に浮かび、かぶりを振った。

「いけねぇ。あの人の金を盗むなんざ、いけねぇ」

金三が一目見てこころを奪われた女は、高井屋の女将《おかみ》に違いなかった。

噂《うわさ》で聞いている限りでは、名はおりょう。

歳は女盛りの三十前で、五年前に流行病《はやりやまい》で二親《ふたおや》を亡くして以来、婿《むこ》養子の六《ろく》兵衛《べえ》が店を継いでいる。

金はたんまりある。いつか盗みに入ろうと狙っていた店だったが、金三は、惚《ほ》れた女を不幸にしちゃいけねぇと、その気を捨て去り、立ち去った。

一人働きの金三が勤めで盗む額は、多くて四、五十両だ。

高井屋にとってはたいした額ではないだろうが、金三は、おりょうの悲しむ顔を想像して、盗みに入るのをやめたのである。

人の金を盗んで生きている金三は、今年で三十二歳になったが、盗っ人稼業をはじめて二十年、仲間を作ったことがないのが幸いしてか、一度もお縄にかかったことがない。

狙ったところには必ず入り、人を殺《あや》めず傷つけず、こっそり金を盗む。長年そうしてきた自信が、盗みに入るのをやめてやることで、おりょうの幸せが守られたと勝手に思い、一人満足した。

まったく呆《あき》れた話であるが、本人は大真面目《おおまじめ》なのである。

家を持たぬ金三は、西福寺《さいふくじ》の門前にある旅籠町《はたごちょう》の安宿を定宿《じょうやど》にしていた。

行きつけの飯屋で好きな酒を飲み、宿に帰ると、旅の者たちに交《ま》じって雑魚寝《ざこね》するのだが、枕屏風《まくらびょうぶ》を隔《へだ》てただけの寝床であるため、隙間《すきま》から隣が見える。

喉《のど》の渇きを覚えて夜中に目をさました金三は、茶瓶《ちゃびん》の水を飲もうとしたのだが、その時ふと、隣で寝ている夫婦が目に入った。

行灯《あんどん》の薄明かりの中で、女房が着物の裾《すそ》をはだけ、胸元も大きく開いて眠っている。

雑魚寝の熱気によって、無意識に着物をはだけさせているに違いないのだが、金三はその女房の寝顔におりょうの顔を重ねて、ごくりと喉を鳴らした。

――あの人も、こんなふうに眠っているのだろうか。

見てみたいという思いが脳裏《のうり》をかすめたが、金三はかぶりを振って、その思いを振り払った。

水を飲み眠ろうとしたのだが、目をつむると、先ほど見た女体が映《うつ》り、おりょうの美しい顔が重なってしまう。

――いったい、どうしちまったんだ。

いい歳をして、小童《こわっぱ》が初恋の人を想うように、眠れない。

朝になって起きても、考えるのはおりょうのことばかり。

あの顔をまた見たいと思った金三は、宿の粗末な朝餉《あさげ》をすませると、日本橋《にほんばし》の古着屋に走った。

「今日は、この着物にしようか」

金三は、馴染《なじ》みの古着屋で一日分の銭を払い、借りるのである。

時には町人、気が向けば侍に化けて町を歩み、盗みに入る家を探すのが、金三のやり方だ。

古着屋の者には、奉行所の隠密廻《おんみつまわ》りだと思われている。というのは、お役目で着物を使うのだと言ってあるからだ。そして過分な金を渡すものだから、店の者は盗っ人とは露《つゆ》ほども思わず、隠密廻りだと決めつけていたのだ。

上等な生地《きじ》の着物に着替えると、金三は高井屋に向かった。暖簾《のれん》を潜《くぐ》ると、

「いらっしゃいませ。どのようなお米をお探しでしょうか」

店の手代《てだい》が、笑顔で声をかけてきた。

評判の米屋だけに、北から南まで、諸国の米が揃《そろ》えてある。人気は秋田藩《あきたはん》の米だと言われて、金三は適当に相槌《あいづち》を打つと、品定めをするふりをした。

意識は当然ここにはなく、目を盗んでは店の中を見回し、おりょうを捜した。もとより大店の女将が店にいるはずもなく、天女《てんにょ》のような顔を拝《おが》むことはできなかった。

手ぶらで帰るのも気が引けたので、金三は手に持って帰れる重さだけ秋田藩の

米を買うと、店を出た。

一旦旅籠に戻り、

「これでむすびを作って、皆さんに振る舞ってくれるかい」

番頭に頼んで米を渡すと、古着屋に向かった。

「お早いお帰りで」

古着屋のあるじが愛想《あいそ》よく言ったが、金三は馬鹿な自分に呆れて、苦笑いをした。

一日を無駄に過ごして宿に戻ると、客たちからむすびの礼を言われ、金三のぶんだと言って、皿に盛ったむすびが差し出された。

いくらなんでも、食いきれる量ではない。

それでも、おりょうの店の米だと思えば嬉しくなり、味わって食べた。

三つ目に手を伸ばした金三は、ふと思い立ち、小女《こおんな》に笹《ささ》の葉を二、三枚頼んだ。

そして渡された笹の葉でむすびを包み、金三は夜の町へ出かけた。

夜が更《ふ》け、世間が寝静まる頃、黒装束《くろしようぞく》に身を包んだ金三は、蔵前に並ぶ札差《ふださし》の屋敷の屋根に上がっていた。

猫のように音を立てずに瓦屋根《かわらやね》を移動し、細い路地の向こうの屋根に跳び移り、高井屋の屋根に上がると、屋根裏に忍び込んだ。

おりょうの部屋がどこなのか見当もつかないが、表の方角がわかっているので、目をつむって間取りを想像し、奥の部屋の見当をつけて梁《はり》の上を進んだ。

息を殺して潜《ひそ》み、そのまま朝を待った。

梁の上に座って柱に寄りかかり、器用に眠る金三は、長い時で三日も屋根裏に潜み、家の様子を探るのだ。

いつもは金のためだが、今回は違う。

おりょうが寝ている姿を見たい、それだけだ。

やがて朝になり、使用人たちが起き出す気配がした。

屋根裏に響いてくる物音が多くなりはじめた頃、金三は部屋の端の天井板をわずかにずらし、下をのぞいた。

桐《きり》の簞笥《たんす》が真下にあり、布団の端が目に入った。

ごくりと唾《つば》を吞み込んだ金三は、もう少しだけ天井板をずらして、首を伸ばした。そして、いやなものを見てしまったと、目を閉じた。

薄暗い部屋の中で、でっぷりと太った男が、大の字で寝ていたからだ。

——あるじだろうか……。

気を取り直した金三は、天井板を戻して隣へ移動した。部屋の角の天井板をずらして見ると、そこには誰もいなかった。

想い人は、どこにいるのか。

どうしても顔だけでも見たくなった金三であるが、目をさましていたら見つかる危険がある。ぐっとこらえて、別の部屋の上に移動し、今度は天井板に耳を近づけた。

表の位置からすると、一番奥の部屋だ。ここは西側の部屋であり、屋敷の中でもいい部屋とは言えぬ。

　親が生きていれば隠居部屋だろうが、今は納戸《なんど》にでもなっているのではないかと思っていると、下で衣擦《きぬず》れの音がした。

金三は下が気になって、節穴《ふしあな》を見つけて顔を近づけた。

——いた。

おりょうがいた。

金三の真下で、横向きで眠っている。

節穴から見える顔は化粧っ気《け》がなかったが、これもまた美しく、金三の胸の鼓《こ》動《どう》が高まった。

旅籠の客のように寝相が悪いはずもなく、薄い夜着《よぎ》をかけて、気持ちよさそうに眠っている。

あるじとは別の部屋で、一人で眠る姿にほっとため息をついた金三は、おりょうが目覚めるまで、ずっと眺《なが》めていた。

「馬鹿だな、おれも」

思わず独りごち、懐《ふところ》から出したむすびを頰張《ほおば》ったのは、おりょうが起きて、部屋から出たあとのことだ。

今頭の中にあるのは、節穴を広げることと、別の場所にも穴を開けることだ。下に木くずや埃《ほこり》が落ちれば、おりょうに気づかれてしまう。

金蔵に忍び込むより気を使い、頭をひねった金三は、天井裏の埃を払い、おりょうが布団を敷いていた真上の天井板をはずすと、穴を大きくして戻した。横になった時に気づかれぬように、大きくした穴は、屋根裏に忘れられていた板の切れ端で塞《ふさ》いだ。

寝顔を見るだけで十分だと思った金三は、他の場所には穴を開けなかった。用心したのである。

支度を整えた金三は、二つ目の包みを開いて、むすびを食べた。安堵《あんど》したからか、秋田藩の米の旨《うま》さに気づき目を見張った。

「さすがは、おりょうの米だ」

などと言って喜び、夜を楽しみに待つ金三である。

かといって、おりょうの布団に忍び込んで、無理やり自分の物にする気など毛頭ない。めったに見られぬ仏の顔を拝むような、そんな気分なのだ。

「馬鹿だね、おれは」

幸せそうな顔で言うのだから、呆れたものだ。

で、何をするでもなく屋根裏に潜み、夜になった。

部屋に女中が来ると、行灯の火を灯《とも》し、夜具《やぐ》を整えて去った。

あるじが来ないよう願いながら待っていると、下で言葉を交《か》わす女の声と共に、衣擦れの音がした。

金三に見られていることに気づかぬおりょうは、着物を脱いで湯文字《ゆもじ》一枚になり、裸体《らたい》をさらして浴衣《ゆかた》に着替えた。

あまりの美しさに息を呑み、目を見開いたまま瞬《まばた》きもしない金三の下で、おりょうが横になった。

行灯の火を消されたら暗闇になってしまうが、おりょうは暗闇が嫌いなのか、枕元に置かれた丸行灯《まるあんどん》を灯したまま眠りに就《つ》いた。

「ありがてぇ」

真っ白い肌の美しい寝顔に、金三は手を合わせた。

朝まで眺めても飽きるものではないとばかりに、穴からのぞき続けている。

気配を殺すのは盗っ人である金三の得意技だが、もうひとつの特技が、あたりの気配を察知することだ。

その特技で異様な気配に気づいたのは、深夜のことである。

おりょうの顔を眺めながら、気持ちよくうとうとしていた金三の目が、ぎらりと見開かれた。その刹那《せつな》、障子が荒々しく開けられ、黒い着物と袴姿《はかますがた》の男が二人入ってくると、目をさましたおりょうの口を手で塞ぎ、押さえつけた。

おりょうは抵抗したが、一人が足を押さえつけ、

「騒げば殺す」

そう脅《おど》した男は、おりょうの浴衣を剝《は》ぎ取り、上にのしかかった。

相手は押し込み強盗らしく、他の部屋でも脅す声がしていた。

浪人者と思《おぼ》しき男は、大刀をはずし、おりょうの身体をむさぼっている。

武器を持たぬ金三には、どうすることもできなかった。

屋根裏で目を見開き、身がすくんでいた。

汚《けが》されていくおりょうの姿を見るに耐えなくなり、目を背《そむ》けようとした時、男に組み敷かれていたおりょうと目が合った。

はっとした金三は、助けを求められているような気がして我に返り、屋根裏から出ると、屋根の上で大声をあげた。

「強盗だ！　高井屋に強盗が入ったぞぉ！」

そうしておいて、すぐさま屋根裏に戻り、節穴から下をのぞくと、侍どもが慌《あわ》てふためいて袴を穿《は》き、逃げていった。

外が騒がしくなる中、おりょうは泣きわめくでもなく、先ほどまでのことがなかったかのように取り繕《つくろ》うべく、着物の袖《そで》に腕を通して身なりを整えている。

賊どもが去って程なく、役人が部屋に入ってきた。

同心がおりょうの身を案じたが、

「わたくしは大丈夫です」

おりょうが座ったまま答えると、

「顔を見たか」

同心が訊《き》いた。

「いいえ、見ておりません」

おりょうの嘘《うそ》に同心はうなずき、あるじの六兵衛に盗《と》られた物は何かと訊きながら、部屋を出ていった。

入れ替わりに入ってきた女中が、おりょうにしがみつくようにした。

「女将さん、大丈夫ですか！」

「ええ、大丈夫です。それより、店の者はどうなのです」

「みんな無事です」

「そう、それはよかった。おかよ、ここは大丈夫だから、おきみのそばにいてやってちょうだい。あの子、まだ幼《おさな》いから」

「はい」

落ち着いた声で応じたおりょうであるが、一人になり、着物の胸元を合わせる手は震えていた。

金三はその姿を見て口を塞ぎ、嗚咽《おえつ》をこらえた。身がすくみ、早く助けてやれなかった己を恨《うら》み、拳《こぶし》で膝《ひざ》をたたいた。その金三の頭に浮かんだのは、辱《はずかし》められたおりょうが、自害してしまわないかということだった。

一度そう思うと心配になり、金三は屋根裏から出られなくなった。

もう二度と危ない目には遭《あ》わせない、自分が陰ながら守ると、誓ったのである。

二

朝になると、おりょうは女中に風呂を沸《わ》かすよう命じて、入浴した。

金三は屋根裏に潜んだままおりょうが戻るのを待ったのだが、部屋をのぞくことはしなかった。悲しい顔を見るのが、辛《つら》かったのだ。

屋根裏で膝を抱えていると、六兵衛らしき男の声がしてきた。

「おりょう、お前、様子が変だよ。夕べ、奴らに何かされたんじゃないのかい」

案じるというよりは、責めるような口調だった。

「汚されたんだね。だから風呂に入ったんだろう。ええ、どうなんだい」

金三は無情な六兵衛に腹が立ち、穴からのぞいた。でっぷりと太った男が真下にいて、部屋の奥を向いている。

おりょうの姿は見えなかったが、どんなに辛い思いをしているか。

下りていって六兵衛を殴り飛ばしてやりたかったが、それではおりょうがこの家にいられなくなると頭を冷やし、出ていくのは養子のお前だろう、とこころの中で叫んで、ぐっとこらえた。

するとと六兵衛が、

「まあ、言いたくなければ言わなくていい。自分で解決することだ」

見捨てるような言い方をして、女中の名を呼んだ。

すぐに現れた女中に、そばで面倒を見るよう命じると、部屋を出ていった。

「女将さん、お休みになられたほうがよろしいですよ」

身を案じた女中がいろいろと世話を焼き、片時も離れなくなった。

安堵した金三は、いつまでも屋根裏に潜むこともできまいと思いなおし、夜を待って旅籠に帰ることにした。

夏の盛りの中、屋根裏に二日も潜めば、さすがにこたえる。

おりょうの身に起きたことで喉の渇きさえ忘れていた金三は、昼を過ぎた頃から意識が朦朧《もうろう》としはじめていた。

それでも空腹と渇きに耐え、なんとか夜まで持ちこたえた。

まだ年端《としは》もゆかぬ娘の声が、おりょうの部屋でしている。

おりょうはその娘の言葉に応じているのだが、力のない声のため、聞き取れなかった。

娘が、もう寝ましょうと言ったので、金三は節穴からのぞいてみた。すると、十《とお》を過ぎたばかりと思しき娘が、おりょうと一緒に寝ようとしていた。

これなら間違ったことはすまいと思った金三は、そっと穴を塞いで、屋根裏から出た。

大川の風が、身体に心地いい。

金三はひとつ深い息をして、身軽に屋根から飛び降りると、人の目がない暗い道を駆け去った。

走りながら黒装束の肩の紐《ひも》を解くと、布が垂れ下がり、縞《しま》の単《ひとえ》に早変わり。辻《つじ》の手前で立ち止まり、襟《えり》を正した金三は、何げない様子で大通りへと歩み出た。

寂しげな明かりが腰高障子《こしだかしょうじ》に映っている番屋《ばんや》の前を通り過ぎると、旅籠の客を相手にする蕎麦《そば》の屋台に顔を突っ込んで、

「親父、升酒《ますざけ》と蕎麦を一杯頼む」

注文すると、床几《しょうぎ》に腰かけた。

すぐに出された升酒を一息に干し、

「あぁ、臓腑《ぞうふ》に染みる」

目をつむって言うと、二杯目はゆっくり味わった。

隣に腰かけたどこぞの武家屋敷の中間《ちゆうげん》が、金三の汗臭《あせくさ》さにあからさまに顔をしかめて睨《にら》んだが、素知らぬ顔で熱い蕎麦をすすって空腹を満たすと、銭を置いて帰った。

途中で着物を嗅《か》ぐと、確かに臭い。このまま旅籠に戻れば皆に嫌われてしまうと思い、金三は着替えを預けている浅草寺裏の百姓家に向かった。

暗いあぜ道を歩いていくと、夜も遅いので、田平《たへい》の夫婦は寝ていた。

金三にとっては、そのほうが都合がいい。

預けているといっても、田平とは知り合いでもなんでもなく、勝手に置いてあるだけだからだ。

離れのあばら家に忍び込んだ金三は、朽《く》ちた床板が落ちぬように気をつけて歩み、隠し場所の床板をはずした。

丸めて並べている新品の着物の中から適当に選んで着替えると、壺《つぼ》から十両ほど抜いて懐にしまい、あばら家から出た。

あたりに目を配りながら市中へ戻った金三は、花川戸町の小間物屋の三島屋の看板を見上げて、手前の煮売り屋の前で立ち止まった。

ここの若女将が出す絶品の煮物を食べたいと思ったが、店の明かりは消えていた。

この店を営むかえでと吉田小五郎が、甲府の徳川綱豊を警固《けいご》する忍びの者であることなど知る由《よし》もなく、金三は時々通っていた。

この店の芋《いも》と蓮根《れんこん》の煮物が、好物だったのだ。

その味を思い出して、ごくりと喉を鳴らした金三は、近いうちに来ようと思い、旅籠に帰った。

旅籠の者を起こして中に入れてもらい、空いた寝床に滑り込むと、泥《どろ》のように眠った。

どれほど眠った頃だろうか。目を見開いたおりょうが自分を見て、苦痛にあえぐ姿が夢に出てきて、金三は悲鳴と共に跳ね起きた。

「なんだよ、うるさいなぁ」

誰かが言ったので、すまねぇ、とあやまり、大きな息を吐くと、枕元の茶瓶に手を伸ばし、直接口に流し込んだ。

枕屏風の向こうで人が立ち上がるのに目を向けると、見知らぬ男だった。

旅の男に、目をさまさせてしまったと頭を下げると、男は笑みを浮かべて、枕屏風をずらして金三のところへ来た。

手には、酒の徳利《とくり》を提《さ》げている。

「悪い夢でも見たのかね」

「ええ、やな夢でした」

「そういう時は、これに限る」

湯呑《ゆの》みを渡され、徳利を傾《かたむ》けるので、金三はありがたく頂戴《ちようだい》した。

「惚れているのですなぁ」

そう言われて、金三は酒にむせた。

咳《せ》き込む金三に、

「うるさいよ！」

他の客から苦情が来る。

必死に咳《せき》を我慢する金三に、男が目を細め、小声で言った。

「おりょうさんと、何度も言っていなさった。国へ残してきなすったのかね」

旅の途中だと思われたらしく、北国から来たという男は、自分も女房子供が故郷にいるから寂しい気持ちがわかると言った。

一人旅の空の下で、共感できる相手を求めているのだと金三は察し、そういうことにしておいた。

おりょうが、手の届かぬ遠い存在であるのには違いない。

酒をもう一杯恵んでもらった金三は、眠りに就こうとしたものの、結局眠ることはできず、まんじりともせずに朝を迎えた。おりょうのことは忘れようと決めて、次のお勤めのことを考えることにした。

だが、盗み貯めた金はまだたっぷりと残っているし、しばらく盗みに入っていないせいか、いざお勤めのことを考えようとしても、身が入らない。

町を徘徊《はいかい》するように歩んでいると、いつの間にか足が蔵前に向かい、米の文字を見れば、どうしても、おりょうのことを想ってしまう。

「いかん、いかん」

金三は、頬をたたいて引き返した。

そんな金三の耳に、衝撃を与える声が届いたのは、昼に小腹が空いて、旅籠近くの寺の前にある菜飯屋《なめしや》で飯を食べていた時だ。

隣の客が、噂をしていたのだ。

「高井屋に強盗が入ったらしいぜ」

「ほんとかい。で、誰か殺されたのか」

「いや、誰かが知らせて役人が駆けつけたおかげで死人も出ず、何も盗らずに逃げたらしい」

「そいつはよかったな」

「けどよ」

男が仲間を手招きして、顔を近づけさせた。

「女将さんが、乱暴されたらしいぜ」

小声で言ったが、金三には丸聞こえだ。

「あの女将が！」

絶句した仲間が、ため息をついた。

「ひでえことしやがるなぁ。六兵衛さんは、さぞ気を落としていなさるだろう」

「さあ、そいつはどうかね」

男が口から楊枝《ようじ》を抜き、また手招きした。

思わず金三が耳を近づけたので、男がいぶかしげな顔をした。

咳払《せきばら》いをされたので、ぺこりと頭を下げて離れ、飯を口に運んだが、耳に意識を向けているので、味などわかりゃしない。

そして男が仲間に教えたことを盗み聞いた金三は、はらわたが煮えくり返り、箸《はし》をぱしんと置いた。

「おい、今の話を誰から聞いた！」

気づけば、つかみかかっていた。

「なな、何しやがる」

「誰から聞いたかと言ってるんだ！」

「だだ、誰からって、町中の噂だ」

「ちっ、男のくせに、つまらねぇ噂を広げやがって、女々《めめ》しい野郎だ」

「なんだと、この野郎！」

友人を罵《ののし》られて怒った仲間が、金三を小突いて顔を殴った。

「やろっ！」

頭に血がのぼっている金三が負けじと応戦したものだから、店の中で三人の取っ組み合いの喧嘩《けんか》になり、大騒動となった。

そして駆けつけた岡《おか》っ引《ぴ》きによって、三人とも番屋に引っ張られたのだ。

頬に痣《あざ》を作って神妙にする金三の前に、岡っ引きが十手《じって》をちらつかせた。

「おめぇ、名は」

喧嘩になった職人風の相手とは顔見知りらしく、厳しい目がこちらに向けられた。

「金三と言います」

「住まいは」

「西福寺前の、旅籠に逗留《とうりゅう》しております」

「旅の者か」

「はい」

「それなら、手形を持っているな」

「はい」

金三がうなずくと、岡っ引きは金三の懐に手を入れ、巾着《きんちゃく》を取り出した。

中から手形を出し、目を落とした。

「上州《じょうしゅう》の出か」

「はい」

「江戸へは何しに来た」

「商売をはじめようと思い、来たのでございます」

本物そっくりの手形だが、真っ赤な偽物《にせもの》である。

ふぅんと言った岡っ引きが鋭い目を向けて、金三の前に小判を広げて見せた。

「十と三両もあるが、この大金はどこで手に入れた」

「お返しください」

「どこで手に入れたのかと訊いてるんだ」

岡っ引きに訊かれて、金三はきつく目を閉じて、うな垂れた。

「まさかおめぇ、盗んだのか」

「いえ、違います」

この時にはもう、涙声になっていた。

「死んだ母親が何十年もかけて、こつこつ貯めていてくれたのです。遺品の中から見つけた時には、わたしはもうびっくりしたんですが、苦労して残してくれたお金を無駄にしちゃいけないと思い、江戸に出たのでございます」

「これで、商売をはじめようと思ったのか」

涙を流してうなずく金三に釣られて、岡っ引きが洟《はな》をすすった。

「いい話じゃねぇか、ええ？　そのお前さんが、高井屋の噂に怒るとは、どういうことだ。高井屋にゆかりがある者か」

「いえ、つい先日、世話になっている旅籠に何か礼をしようと思い、米を求めにまいりましたところ、店の方々《かたがた》には、それはもう親切にしていただいたものですから、つい……」

「女将の噂を聞いて、かっとなったのか」

「申しわけございません」

頭を下げた金三に、岡っ引きはうなずいた。

「女将のことを想うと、お前さんの気持ちも、わからないでもねえや」

そう言って、噂をしていた男たちを睨んだ。

「やい、鉄《てつ》、次助《じすけ》、おめえらも、くだらねえ噂をしてんじゃねぇぞ！」

「親分、申しわけねえ」

反省した二人が、媚《こ》びる目をしてあやまった。

「ったく、こちとら高井屋に押し込んだ賊の探索で忙しいんだ。手をわずらわせるんじゃねぇぞ」

「へい」

「わかったら行け」

「へい、どうも」

二人が逃げるように帰っていくと、岡っ引きは金三の懐に小判と手形を入れた巾着をねじ込み、縄を解いた。

「あの二人は口は悪いが、根は優しい者たちでな。まあ、こらえてやってくれ」

「はい」

「このあたりで商《あきな》いをするなら、おれが相談に乗ってやるからよ。遠慮せずに番屋に来な」

「ありがとうございます」

金三は頭を下げて、岡っ引きの袖に小粒金を滑り込ませた。

「おい、大事な金だろう」

「相談料の、前払いということで」

「そうか、なかなか、商売の才覚がありそうだな」

岡っ引きが機嫌をよくしたところで、金三は番屋から出た。

通りを歩く金三は、さすがに肝《きも》が据《す》わっている。涙を流してひと芝居打ったことなどもう忘れて、

「さて、どうしてくれようか」

考えているのは、おりょうのことばかりなのである。

噂がほんとうなら、放ってはおけなかったのだ。

考えながら旅籠に着く頃には、高井屋の屋根裏に忍び込むことを決めており、

番頭に銭を渡し、むすびを用意させた。

そして町境の木戸が閉まる夜の四つ頃（午後十時頃）には、金三はすでに、高井屋の屋根裏に潜んでいた。

今回は、おりょうの寝顔を拝むのが目的ではない。

が、一目だけでもと思い、節穴から下をのぞくと、金三は目を見張り、口を押さえた。

おりょうが畳に突っ伏して肩を震わせ、泣いているではないか。

辛いこころの内を察して、金三の目からも涙があふれ、不覚にも穴から落ちていった。

滴《しずく》が、おりょうの首筋に落ちた。

気づいたおりょうが泣くのをやめたが、顔を伏せたままで、上を見ようとはしなかった。

金三は、はっとした。賊に襲われた時、おりょうは上から見られていることに気づき、助けを求めたのだ。だから今も、首筋が濡れても騒がないでいる。自分が上にいることを知っているのだ。

音を立てずにその場を去った金三は、涙を拭《ぬぐ》い、あるじ六兵衛の部屋の上へ向かった。

でっぷりと肥《こ》えたあるじの部屋は、おりょうの部屋から表側に行ったところにあるのを覚えている。

梁を歩んでいくと、妙な声がしてきた。

耳を澄《す》ましてよく聞いてみれば、それは女のあえぎ声だった。しかも、あるじの部屋から聞こえている。

金三は鋭い目となり、桐の簞笥の上の天井板をわずかにずらした。

女のあえぎ声が一段と大きくなり、あるじが、おかよ、おかよと名を呼び、みっともない声をあげて果てた。

しばらく激しい息遣《いきづか》いをしていたが、あるじが横たわると、女が裸の身を起こした。

その顔を目にして、金三は吐き気がした。あの夜、おりょうの身を案じていた女中のおかよだったからだ。同じ屋根の下で、あるじと女中が密会をしているのだ。

そのおかよが、ぶよぶよとした六兵衛の醜《みにく》い腹に抱きついた。

――おぞましい。

金三は、喧嘩をした男たちが言っていたとおりの光景に、こころの中で舌打ちして顔をしかめた。

男たちは、六兵衛と女中ができていて、今回のことを機に、おりょうを追い出そうとしていると噂していたのだ。

おりょうも可哀そうな女だと笑いながら言ったことに腹が立ち、つかみかかったのだ。

金三が怒りに拳をにぎっていると、おかよの声がした。

「ねえ、お前様。このままにしておくつもり？」

言われて、六兵衛がおかよの顔に手を差し伸べた。

「手籠《てご》めにされた噂を流せば、今日にでも自害すると思うたのだが」

「案外、しぶといわね」

「磯貝《いそがい》様に頼んで、もう一度、手籠めにしてもらおうか」

「いっそのこと、殺してもらえばいいのに」

「馬鹿を言うな。殺せば、役人が本気になって探索をはじめるじゃないか。磯貝様はお旗本だからどうにでもなろうが、わたしたちはそうはいかない。やはり、自分で死んでもらうのが一番だ」

「一度手籠めにされても自害しないのよ。むしろ喜んでいたりして。お前様がずうっと、あたしの物になっているから」

「先日は思わぬ邪魔が入ったが、次はうまくやっていただこう。二、三人の男に手籠めにされたら、たとえおりょうとて、生きちゃいまい」

「おお、怖《こわ》。大勢に襲われるなんて、想像しただけで身震いがするわ」

「お前もこの店も、わたしだけの物だ」

「うふ、うふふ」

ふたたび身を重ねる醜い者どもに歯を食いしばった金三は、おりょうを助けなければと思い、屋根裏を移動した。

おりょうは畳の上で正座して、じっとしている。

もしや旦那と女中の密会に気づいていないのかと思ったが、女の勘は男には想像もできないほどに鋭いはず。

同じ屋根の下で起きていることに気づいているはずなのに、どうして二人を追い出さないのかと腹が立った。

そして、ふと気づいた。

これだけの身代《しんだい》だ。きっとおりょうは、世間の目を気にして、夫婦別れをしないために、夫の裏切りに目をつむっているのだ。そうに違いない。外に妾《めかけ》を囲うよりは、同じ屋根の下のほうが、世間に知られずにすむと思っているのだ。

「そんな甘い者たちじゃない」

金三は、かぶりを振った。

六兵衛とおかよの恐ろしいたくらみを知った金三は、おりょうを助けたい一心で、節穴に向かって声をかけた。

「おりょうさん、おりょうさん」

すると、おりょうが驚いた顔を上に向けたが、騒ぎはしなかった。

じっと、節穴を見つめている。

目と目が合ったことで鼓動が高まった金三は、胸を押さえた。

「奴らが、また襲いに来る。ここにいたらだめだ。わたしと一緒に逃げておくれ」

そう言うと、おりょうは辛そうに目を閉じて、首を横に振った。

「どうして！　身が危ないのだぞ」

すると、おりょうが上を見て答えた。

「わたしがこの店を出れば、親から受け継いだ店を乗っ取られます。それだけは、させたくありません」

おりょうはやはり、夫の裏切りに気づいていた。

「ここにいては危ない。どんな目に遭わされるか、わかっているだろう」

「襲われたら、この場で喉を突いて、六兵衛とおかよを呪《のろ》ってやります」

「だめだ、そんなのだめだ。死んだらだめだ」

「この家を出て、どこに行けと言うのです」

「わたしが助けて、奉行所に訴えるから」

「そのようなことをしても無駄です。世間の笑い者になるだけです」

「それでも、死んだらだめだ」

必死に説得しようとしたが、おりょうはかぶりを振り、部屋から出ていってしまった。

金三は、下に降りようとしたのだが、

「おりょう、誰か来ているのか！」

廊下に六兵衛の怒鳴り声がして、足音が近づいてきた。

ここで見つかれば、奉行所に突き出される。

そうなればおりょうを助けられないと思った金三は、何もできぬ己に腹が立ち、ええい、と悔しげな声を吐いて、屋根裏から逃げた。

三

——殺《や》るしかねぇ。こうなったら、殺るしかねえ、ちくしょうめぇ。

次の日、小五郎とかえでの煮売り屋に行った金三は、こころの中でつぶやき、酒をがぶ飲みした。

昼間から酒に酔い、気が大きくなっているということもあるが、用心深い金三が六兵衛を殺すしかないと決めたのは、おりょうへの想いが、強まっているからだ。

盗っ人の自分が逃げようと言ったところで、ついてくるはずもないこともわかっている。

だが、このままでは、おりょうが侍たちに襲われてしまうのだ。

——六兵衛さえいなくなれば、それもなくなる。

そう考えた金三は、おりょうのために、人殺しをしようとしている。

元々盗っ人だ。善人ではないのだから、惚れた女のために罪を犯《おか》すことぐらい、

「屁《へ》でもねぇや！」

と、自分に言い聞かせるために、つい声を荒らげた。

客たちは、大声に迷惑そうな顔をしつつも、酔っぱらいがくだを巻いていると
しか思っておらず、床几からずり落ちた金三の姿を見て苦笑した。

「すみませんねぇ」

かえでが客たちに詫《わ》びて、金三の肩をそっとたたき、

「金三さん、金三さん、ここで寝ないでくださいよ」

声をかけて起こすと、どろんとした目を上げた金三が、にんまりとした。

「ああ、女将さん」

「ちょっと、しっかりしてくださいな」

「あいよ、わかった。わかったからよう」

金三は湯呑みに手を伸ばし、酒を干した。

「もう一杯だけ、飲ませておくれ」

「飲みすぎですよ」

「頼むよ、女将さん」

空の湯呑みを差し出す金三を見て、

「何かあったんだろう。飲ませてやりな」

小五郎が言うと、

「もう、仕方ないわね」

かえでが呆れて言い、片口《かたくち》の酒を注いでやった。

酒を一口飲むと、金三は箸に芋を刺して、大口を開けて放り込んだ。

味わうように目をつむって食べると、旨いと言い、続いて蓮根を箸に突き刺すと、じっと見つめた。

「もう、この蓮根ともお別れだ」

金三はそうつぶやくと、かえでに追加を頼み、腹いっぱい食べた。

板場から様子を見ていた小五郎が、戻ってきたかえでに言った。

「なんだか、様子が変だな」

「はい」

「江戸を去るのかもしれぬな」

「思いつめているようなので、気になります」

「客のことを気にするとは、煮売り屋が板についてきたな」

「お頭《かしら》だって、気にされているじゃないですか」

笑う小五郎に、かえでが小声で告げる。

「匕首《あいくち》を持っています」

金三が盗っ人であることなど知る由もなく、気の優しい商人だと思っていた小五郎は、眉《まゆ》をひそめた。

金三が店に来るようになったのは、昨年の冬頃だったが、いつもは店の隅でおとなしく飲み食いし、注文は芋と蓮根と酒だけ。他の常連客と話すこともなく、一人で静かに酒と食事を楽しんで帰っていた。

その金三が今日は別人のようになっていて、しかも刃物を隠し持っているのだから、小五郎とかえでの目にとまるのは当然であろう。

新見左近の配下として数々の修羅場《しゅらば》を経験している者の勘が、金三のこころの乱れを察知していた。

好物の煮物を腹いっぱい食べた金三は、満足して深い息を吐くと、小五郎とかえでに目を向けた。

今生《こんじょう》の別れだと独りごち、これまで旨い煮物を食べさせてくれた礼をするために、懐から紙に包んだ勘定《かんじょう》を置くと、ごちそうさん、と声をかけて店を出た。

「またどうぞ！」

小五郎が声をかけて、帰る背中を見送った。

かえでは次の客のために食器を片づけに行ったのだが、紙の包みが置かれているのに気づき、包みを開いて目を見張った。

「こんな大金……」

五両の小判に驚いて板場に目を向けると、小五郎が、あとを追えと目顔で伝えるようにうなずいた。

その頃金三は、小走りをして蔵前に急いでいた。懐に隠し持った刃物が落ちないように押さえながら、高井屋へ向かっているのだ。

日が暮れるのを待って忍び込み、夜のうちに六兵衛の胸を突こうと考えていた金三だが、それでは遅いかもしれないと思いはじめていた。

旗本の連中が今夜にでも踏み込んできたら、金三にはどうすることもできない。

だったら昼間のうちに客のふりをして店に入り、六兵衛を殺して騒ぎを起こせば、当然旗本の耳にも入るはず。

そうなれば、おりょうを襲ったりはしないだろう。

金三はこれしかないと思い、懐から巾着を出した。米を買うふりをすれば、店の者は、あるじを殺しに来たとは思うまい。

小判の重みを確かめてから、ふたたび懐にねじ込んだ金三は、足を速めた。

高井屋の近くまで来た金三の足が、ぴたりと止まった。そして慌てて路地に入り、店の角から顔をのぞかせた。

金三が慌てたのは、喧嘩をした時に自分を引っ張った岡っ引きが、同心と共に高井屋に入るのが見えたからだ。

押し入った賊の探索を続けているに違いないが、首謀者《しゅぼうしゃ》である六兵衛を訪ねても無駄なことだ。

——間抜けな役人め、どうせ袖《そで》の下《した》をもらって出てくるに違いない。

そう思いながら見ていると、程なくして出てきた。案の定、中年の同心は嬉しげな顔をして、見送りに出た店の者にうなずいている。

「馬鹿役人め」

金三は、六兵衛のたくらみに気づかぬ役人の姿を見て舌打ちした。

意気揚々《いきようよう》と店をあとにする役人の背中を睨んでいた金三は、店先に目を戻して、慌てて身を隠した。

六兵衛が、手土産《てみやげ》を抱えた手代を連れて出かけたのだ。

「旗本に頼みに行くにちげぇねぇ」

鋭い目をして言うと、あとを追った。武家屋敷に行くなら人気《ひとけ》がない道に入るはずだから、そこで襲おうと決めたのだ。

金三が定宿にしている旅籠のほうへ向かった六兵衛は、西福寺の門前を通って新堀川《しんぼりがわ》を渡ると、橋詰を右へ曲がった。

新堀川沿いを北に進んでいくと、やがて左手に武家屋敷が並ぶようになり、人気が少なくなった。

辻番《つじばん》の前を左に曲がったのを見届けた金三は、襟を正して背を伸ばし、あたかも商人のような顔をして辻番の前を曲がった。

番人を見ないようにすると、かえって怪《あや》しまれるので、

「ご苦労様です」

などと愛想笑いをして頭を下げ、いそいそと通りを進んだ。前をゆく六兵衛を見るや、笑みが消え、鋭い目つきとなる。

この細い道は人通りがなく、狙うなら、突き当たりを曲がった直後だ。

金三は刃物の柄《え》をにぎり、ついに抜いた。

日の光をぎらりと反射する刃物を脇の下に隠し、小走りで近づいていく。

気づかぬ六兵衛は、突き当たりを右に曲がった。

――今だ。

金三が気を吐き、駆け出そうとしたその刹那、何かに足が絡まった。

「うおっ」

わけがわからぬまま両手をついて転んだ金三の目の前に、刃物が落ちた。

「だ、だ、誰だ！」

邪魔をする奴は、と振り向くと、金三はぎょっとした。

「お、おめぇさんは――」

指差す先には、険しい顔をしたかえでがいたのである。

かえでは刃物を隠し持ち、様子がおかしい金三の行動を見守っていたのだが、人を殺そうとしたので、重りつきの投げ紐に足を絡ませて止めたのだ。

刃物を拾おうとした金三より先に拾い上げ、武家屋敷の塀の中に投げ入れた。

「なな、何しやがる」

「何があったのかは知らないけど、こんなところで人を殺めたら、生きて帰れないわよ」

言われて、金三は、はっとした。

人気がないと思っていた道の角から、侍の一団が曲がってきたのだ。

「おい、ここで何をしておる」

若い女の足下《あしもと》で、地べたに這《は》いつくばっている金三にいぶかしげな目を向けた侍が、責めるように訊いてきた。

「申しわけございません。石につまずいて、転んだのでございます」

かえでが、ごまかすように答えると、

「そうか。ま、気をつけることじゃ」

侍は柔和《にゆうわ》な顔で言い、供の者を連れて立ち去った。

間を置かず別の侍が現れ、かえでの手を借りて起き上がる金三を一瞥《いちべつ》しながら歩んでいく。

金三が角から首を伸ばして見ると、白塗りの塀が続く屋敷の中から、次々と人が出てきた。

「この先には、大名家の屋敷がたくさんあるのよ」

かえでの言うとおり、先の辻を曲がれば、下野烏山藩《しもつけからすやまはん》の上屋敷など、大名家の屋敷がいくつも並んでいる。ゆえにこのあたりの通りは、藩士たちが頻繁《ひんぱん》に行き来するのだ。

そんなところで町人の金三が人を殺しでもしたら、たちまち取り押さえられて、不届き者として成敗される。だが、命を救ってくれたはずのかえでの言葉は、金三の耳には届いていなかった。いつの間にか、六兵衛の姿が消えていたからだ。

「なんてことしてくれたんだ」

金三は、がっくりとうな垂れながらつぶやいた。

かえでが、何かと聞きなおすと、

「なんてことをしてくれたんだ！」

金三は大声で怒鳴った。

「あんたのせいで、おりょうさんがとんでもない目に遭わされるんだぞ」

かえでがいぶかしげな顔をした。

「どういうことなの？　高井屋のあるじが、何かするとでも言うの」

「六兵衛は磯貝という旗本に、自分の女房を手籠めにするよう頼みに行ったに違いないんだ。辱めを受けて自害するよう仕向けて、身代を乗っ取るつもりだ」

金三から六兵衛とおかよのたくらみを告げられて、かえでは驚いた。

「それで高井屋の女将を助けるために、ここで殺そうとしたの」

「そうだ」

「何も金三さんが殺さなくても、番屋に届ければいいじゃないの」

「それができたら、苦労しないよ。盗っ人が言うことなど、信じるものかい」

「盗っ人？」

かえでに怪訝《けげん》な顔を向けられて、金三は慌てて言いなおした。

「おれは道で出会った女将に一目惚《ひとめぼ》れして、どうしても寝顔を拝みたくなって、いいい、盗っ人みてぇに高井屋の屋根裏に忍び込んだんだ。そしたら六兵衛の野郎が、女中と部屋で話しているのを聞いちまったんだ。そんなことを番屋で口にしてみろ、信じてもらう前に、とっ捕まっちまう」

「今の話、ほんとうなのね」

「嘘で人殺しができるもんかい！」

金三は声を荒らげ、六兵衛が消えた方角へ歩みはじめた。

「ちょっと金三さん」

「こうなったらやけくそだ。磯貝の屋敷に乗り込んで、六兵衛を絞め殺《し》してやる」

無茶なことを言う金三の前に、かえでが立ちはだかった。

「どいてくれ」

突き放すようにして行こうとした金三であるが、前から来た初老の侍がぎろりと睨み、

「おい、そこの者!」

と、いきなり怒鳴られ、慌てて頭を下げた。

「ここをどこだと思うておる。揉《も》めごとはよそでやらぬか」

「へへえ」

「まったく、けしからん奴らじゃ」

憤慨して立ち去る侍であるが、金三は命拾いをしたと言っていい。

かえでは、力なくその場にしゃがみ込んだ金三の肩をたたき、腕組みをした。

「……仕方ない。あとは調べるから、金三さんはわたしの店で待っていてちょうだい」

「はあ?」

金三が不思議そうに見上げると、かえでが笑った。

「命がけで好きな人を救おうとした金三さんのために、ひと肌脱いであげると言ってるの。さ、ここにいたらまた叱《しか》られるから、早く行って」

かえでの正体を知らない金三は、

「馬鹿なことを言ってやがらぁ」

と相手にせずに、磯貝の屋敷に行こうとしたのであるが、ため息をついたかえで、手刀《しゅとう》で後ろ首を打たれて気絶した。

かえでは倒れる金三の身体を支えて、酔っぱらいを介抱《かいほう》するふりをして近くの町に行くと、そこで駕籠《かご》を雇い、花川戸の店まで送らせた。

そして先ほどの道へ戻ると、磯貝の屋敷に忍び込んだ。


まさか甲州忍者が忍んでいようなどとは思いもせぬ六兵衛は、磯貝が城の勤めから戻るのを待っていた。

そして着替えをすませた磯貝が部屋に入ると、

「お役目ご苦労様でございました」

頭を下げて迎えた。

「六兵衛、ついに身代が手に入ったのか」

「まずはこれを」

六兵衛が手土産を差し出すと、磯貝は目を細めて見下ろした。

「これは？」

「ほんの気持ちにございます」

言われて持ち上げた磯貝は、重さを確かめるようにしてほくそ笑み、後ろに置いた。

「わしに何か頼みごとか」

「はい」

六兵衛はたくらみを含んだ目を向けて、声を潜めた。

「もう一度、おりょうを手籠めにしていただきたいのです」

「ほぉう」

磯貝は薄笑いを浮かべた。

「まだ生きておるのか」

「か弱そうに見えて、なかなかしぶとうございます」

「前回のようなことになるのは面倒じゃ」

「こたびは、抜かりなくお膳立《ぜんだ》てしておきます」

「どのようにいたすつもりだ」

「店の者に眠り薬を盛りますので、朝までぐっすりと。殿様に気づく者はおりませぬ。ご用人《ようにん》様とお供の方と、たっぷり可愛がってやってくださいまし」

「あくまで、自害をするように仕向けるか」

「はい」

「しかし、おぬしも物好きよのう。高井屋の身代も美人の女房も手にしておるというのに、見劣《みおと》りがする女中のために、悪事をたくらむとは」

「おりょうにくらべれば、おかよのほうが、よほど生きた心地がするのですよ。女は顔ではございませぬ」

「ふん、まあよかろう。そのおかげで、わしはよい思いができるのだからな」

「では、お引き受けくださいますか」

「うむ。じゃが、明日明後日《あさって》は城の勤めが忙しい。三日後にまいる」

「ちょうど、満月でございますな」

「月明かりに浮かぶ白い肌は、さぞかし美しいことであろうのう」

「すべてがうまくいったあかつきには、たっぷりとお礼をさせていただきます」

「うむ。楽しみじゃ」

くつくつと笑う男どもの薄気味悪い声に、屋根裏に潜むかえでは鋭い目となり、その場から去った。

四

駕籠が小五郎の店に横付けされた時、金三はまだ気を失っていた。

駕籠かきに呼ばれて外に出た小五郎は、見覚えのある紐で手足を縛られ、猿ぐつわを嵌《は》められている金三を見て驚いた。駕籠かきに事情を訊いたところ、若い女が乗せたと言うので、かえでの仕業《しわざ》と判断し、紐を解いて駕籠から降ろした。

「おいおい、どうしたんだい、大将」

酒を飲んでいた権八が、人を肩に担《かつ》いで入ってきた小五郎を見て驚き、床几から尻を浮かせて訊いた。

小五郎は、権八の正面に座っている左近に目配せして、

「昼間にうちで飲んでいた常連さんなんですけどね。よそでも飲んで酔い潰れてしまったらしく、駕籠かきが困って連れてきたのですよ。さあ金三さん、起きてください」

適当なことを言ってごまかすと、金三を小上がりに寝かせた。

「それにしても大将、おめえさん、ずいぶんと力持ちだ。煮売り屋にしておくのはもったいねえや」

大工にならないかと権八に誘われて、小五郎は苦笑いをした。

かえでが戻らぬことに、何かあると思った小五郎は、日が暮れて間がないというのに暖簾を下ろした。

「すいません、今日は早じまいをさせていただきますので」

入ろうとした客にあやまると、中にいた客には熱燗《あつかん》をつけて、これを飲んだら帰ってくれ、と頼んだ。

急にどうしたのかと客に訊かれて、

「煮物が売り切れてしまったんですよ。すみませんね」

などと言い、あやまった。

権八が不思議そうな顔をして板場に首を伸ばすので、小五郎が前を遮《さえぎ》って、ちろりの酒をすすめた。

「では権八殿、お琴のところで飲みなおそう」

左近が気を利かせて腰を上げると、権八はうなずき、小上がりで寝ている金三を一瞥して、首をひねりながら店をあとにした。

最後の客を見送った小五郎は、表の戸を閉めた。そして、金三のところに行くと、背中に活《かつ》を入れてやった。

息を吹き返した金三は、小五郎を見て目を見張った。

「大将、なんでここに?」

「ここはおれの店だぜ」

首をかしげようとした金三は、痛《い》たた、と言って首をさすった。

「そうだ、おれは誰かに襲われて気を失ったんだ」

そうつぶやくと、はっとしてあたりを見回した。

「女将さんは大丈夫かね」

「えっ？」

「一緒にいたんだよ、女将さんと。帰っていないのかい」

どうやら金三は、かえでに首を打たれたとは思っていないようだ。

「うちのはもうすぐ帰るだろうが、いったい、どこにいたんだい」

「そ、それは……」

金三は考えたが、正直に話した。

「人を殺めようとしたのを、女将さんに止められて。それでも振り払って行こうとして――」

そこまで言って、金三は思い出した。

「ああ、女将さんに首を打たれたんだ」

「まあ、そういうことだ」

小五郎に言われて、金三は得体の知れぬ何かを感じ、疑いの目を向けた。

もし隠密ならば、盗っ人である自分が捕まってしまう。

「あんたたち、何者だね。奉行所の……隠密同心なのかい」

「人を殺めようとしたんだろう？　おれたちが隠密なら、今頃は大番屋《おおばんや》だ」

お節介《せっかい》が好きな煮売り屋だと言われて、金三はほっとしたが、半分がっかりした。

「何があったんだい？」

「そいつは、女将さんに訊いておくんなさい」

金三はそう言って立ち上がった。そこへ、かえでが戻ってきた。

厳しい顔つきをしたかえでに、金三は素足のまま土間に下りて駆け寄った。

「あんた、なんてことしてくれたんだ。このままじゃ、おりょうさんがひどい目に遭うんだぜ」

「そのようね。とんでもない悪党だったわ、高井屋の六兵衛と磯貝は」

「ええ？」

なんでそんなことを言うのかと、金三は不思議に思った。

「まさか、女将さん、調べたので？」

かえでは悪戯《いたずら》っぽい笑みを浮かべた。

「いいから、あとはわたしたちにまかせておいて」

「何をする気です？」

「わたしたちがきっと高井屋の女将さんを助けるから、馬鹿な真似《まね》はしないと約束して、金三さん」

「いい加減なことを言っちゃいけないよ。相手は旗本だ。煮売り屋のあんたらに何ができるって言うんだい。おれは身寄りも何もないんだから、どうなったって構やしない。もう放っといてくれ」

帰ろうとする金三の前に、小五郎が立ちはだかった。

「高井屋のあるじを、殺しに行こうってのかい」

「そこをどいてくれ」

「そうはいかねえな。うちのがせっかく助けた命だ。無茶はさせないぜ」

「だから、あんたらに何ができるんだい」

「まあ、まかせておきな。こう見えても、旗本に顔が利くお方を知っているんでね」

「ほんとうかい？　客に、そんなお方がいるのかい」

「ああ、そういうことだ。だから、まかせておきなよ」

「信じていいのだろうね」

「ああ。だから、物騒なことはしないと約束してくれ。親からもらった命だ。無駄にしちゃいけねぇ」

金三は、目にあふれてきたものを慌てて拭った。

自分は生まれてこのかた、人から大事に思われた記憶がない。盗っ人になったのだって、虫けらのように扱う世間への仕返しではじめたようなものだ。そんな自分を本気で心配してくれる者に、これ以上逆らってはいけないと思った。

金三は床几に座り、肩の力を抜いた。

「わかりました。お二人のおっしゃるとおりにします」

「まかしときな」

安堵して言う小五郎に、金三は頭を下げた。

かえでにも頭を下げ、

「女将さんに助けてもらった命だ。景気づけに、一杯飲ましておくんなさい。お二人も、飲みましょう」

そう言うと巾着から小判を出して、小五郎に差し出した。

「これは受け取れないぜ。昼間にたっぷりいただいてるからな」

「あれは旨い煮物のお礼。これは、命を洗う酒代でございますよ」

そう言って、金三はにんまりとした。

小五郎とかえでと酒を飲んだ金三は、半刻《はんとき》（約一時間）ばかりで店をあとにした。

無茶をするなと念を押して送り出した小五郎は、路地に入って小石を拾うと、お琴の家の屋根に投げた。

瓦の上を転がる音を聞くと、店に戻った。

合図を聞いた新見左近が現れたのは、四半刻《しはんとき》（約三十分）ほどしてからだ。

表から招き入れたかえでが、片膝をついて頭を下げるのにうなずいた左近は、奥の床几に腰かけた。

「かえで、何かあったのか」

「はい」

「先ほど運び込んだ男のことか」

「さようにございます」

「聞こう」

左近が前の床几を促すと、小五郎とかえでが頭を下げて座った。そしてかえでは、今日のことを左近に話した。

三千石旗本、磯貝土佐守清尚《とさのかみきよなお》の名を聞いて、左近は顔を曇らせた。

「民の模範とならねばならぬ旗本が、商人の悪だくみに荷担《かたん》して、罪なき者を苦しめようとするとは、許せぬ所業だ」

「いかがいたしましょうか」

小五郎が訊くと、左近は顔を向けた。

「ずる賢く、なかなかの狸《たぬき》だと聞く。動かぬ証《あかし》を突きつけねば、言い逃れをするだろう。金三なる者は、大丈夫なのか」

「はい。無茶なことはしないと、約束してくれました」

「うむ。では、おれによい考えがある」

左近はそう言うと、小五郎とかえでに、悪事を阻止する手はずを伝えた。

五

「ごめんなさいよ」

声をかけて高井屋に入った金三は、店の中を見回した。

「いらっしゃいませ！」

店の様子が以前と変わりなく、手代に明るい声をかけられて不機嫌になったが、顔には出さずに、品定めをするふりをした。

座敷を奥へ向かう女中のおかよの姿を見かけて、

「何がまかせておけだ。ぴんぴんしてやがるじゃねぇか」

金三が睨みながら独りごちると、

「はい？」

手代が驚いたような顔をした。

「いやいや、こっちのことだよ。それより、昨日一昨日《おととい》と、何か変わったことはなかったかい」

「手前どもがでございますか？」

「ああ、こちらのご主人が大変だと聞いたものだからね。もしかすると旨い米が手に入らなくなるんじゃないかと思って、心配して来てみたのだよ」

すると手代が、不思議そうに首をかしげた。

「いえ、何も変わったことはございません。あるじはもうすぐ戻ると思いますが、お待ちになりますか？」

「いやいや、いいんだ。どうやら知り合いに一杯食わされたようだよ。そうかい、何もないんなら安心だ」

――くそったれ。

金三はこころの中で叫びながら、

「このあいだいただいた秋田藩の米、あれは絶品だった。今日も手に持てるぶんだけもらおうかね」

いりもしない米を買うと、金三は店をあとにした。

「くそったれ、くそったれ！　何が親からもらった命を大事にしろだ。煮売り屋の大将め、何もしないくせに、いい加減なこと言いやがって」

独り言を言いながら歩む金三の周囲から、人が遠ざかっていく。

母親に抱かれた幼子《おさなご》が肩越しに見ているのに気づいた金三は、はっと我に返り、あたりの様子を見回した。

女たちにじろじろと見られているのに驚いて、

「へへへへ」

引きつった笑顔を向けると、若い女が悲鳴をあげて逃げたので、金三もその場から慌てて逃げた。怪しい者だと疑われて岡っ引きに捕まれば、おりょうを助けられないからだ。

旅籠に逃げ帰った金三は、番頭に米を渡して座敷に上がり、大部屋の隅っこにうずくまった。

「金三さん、またおむすびにしましょうか」

番頭に訊かれて、金三は顔を上げてそうしてくれと言い、またうずくまる。

人を信じて頼った自分が馬鹿だった。

――おりょうさんは、おれが守るしかねえ。

そう決めた金三は、昼間のうちに忍び込むため、旅籠を出て日本橋へ急いだ。

古着屋に飛び込むと、

「ご主人、半纏《はんてん》はないかね。できれば、大工の印が入ったのが欲しいんだが」

どうかありますように、と願いながら訊くと、店のあるじが困ったような顔で答える。

「あるにはありますが……ずいぶんと昔に潰れた棟梁《とうりよう》の物ですから、縁起が悪いんじゃ……」

「見てくれがよければ、なんでもいいんだ。今日は買うからよ、いくらだい」

「いいんですかい、ほんとうに」

「いいともよ」

「では、一分ほど」

縁起が悪いと言いながら吹っかけやがって、と思ったが、金三は黙って銭を払うと、帯をつけさせて店を出た。

単《ひとえ》の裾を端折《はしょ》り、印半纏《しるしばんてん》を着ると大工に早変わりだ。

金三は蔵前に行き、人の目がない路地に入ると、身軽に屋根に上がった。

札差の大きな屋敷の瓦を三枚ほど失敬して肩に担ぎ、屋根を修理するふりをして屋敷の屋根伝いに高井屋に行くと、通りから屋根の上を見ている者がいないかを確かめて、すっと屋根裏に入った。

不要になった印半纏を脱ぎ捨てると、目をつむってでもわかる屋根裏を歩んで、まずはおりょうの顔を拝みに行った。

そっと穴をのぞくと、

――ああ、今日もきれいだ。

金三は、座って針仕事をしているおりょうに、目を細めた。

あるじの部屋に移動すると、下から男女の声がした。

天井板をずらせばばれるので、耳を澄ましてみると、

「いよいよ、今夜ね」

楽しげに言うおかよの声に、金三は顔をしかめた。

「先ほど磯貝様に会《お》うてきた。あとは、こちらの支度を整えるだけだ」

「では、そろそろ例の物をみんなに」

「うむ」

「これが、そうなのですか」

声を聞いて、おかよが六兵衛から何かを受け取ったことは金三にもわかったが、それが眠り薬であるとは思っていない。おかよが部屋から出ていったので、金三は天井板をはずして六兵衛の脳天に瓦を落としてやろうかと思ったが、絞め殺すほうが確実だと思い、天井板に手を伸ばした。

その時、番頭か手代の声がして、六兵衛はすぐに出ていってしまった。

「ええい」

金三は舌打ちした。おりょうに言っても逃げないだろうし、どうすればいいのかと頭を抱えた。

いくら考えても妙案が浮かばず、磯貝たちが来たら、前回のように大声をあげて人を呼ぶしかないとあきらめて、夜を待つことにした。

屋根裏の先に見える風通しの枠《わく》の外が次第に暗くなり、やがて屋根裏は真っ暗になった。その中で、おりょうの部屋の明かりが、金三に穴の位置を知らせている。

金三はこの時になって、下がやけに静かだと気づいた。

日が暮れる頃には、夕餉のおかずのいい匂いと共に、飯を食う人の楽しげな声がしていたのだが、今は嘘のように静かだった。

「店の者を出かけさせたのだろうか」

まさか、おかよが夕餉に盛った眠り薬で皆ぐっすり眠っているとは思いもしない金三は、この家の中には、六兵衛とおかよ、そしておりょうと自分の四人だけだと決めつけた。

今なら六兵衛を絞め殺せると思い、緊張した。

「やってやる」

おりょうを助けるためだと自分を鼓舞《こぶ》して、六兵衛の部屋に下りようとした。

暗がりに潜み、六兵衛が部屋に戻ったところを襲うつもりで、天井板に手を伸ばした。

だが、どうしたことか、天井板がはずれない。

桐の箪笥の上に違いないのだが、どうやっても動かなかった。

「まさか、おりょうさんが閉めさせたのか」

金三は、はっとして、おりょうの部屋の上に行った。

穴からのぞくと、行灯の明かりが暗くて顔がよく見えなかった。着物の柄はおりょうの物に間違いなかったので、

「おりょうさん、おりょうさん」

思い切って声をかけた。

だが、おりょうは上を見ずに、無視している。

このままではだめだと思った金三は、おりょうの部屋の天井板をはずそうとしたが、ここも動かなかった。

「おりょうさん！」

金三は、他の部屋に聞こえない程度まで声を大きくしてみた。

だが、おかよが呼ぶ声と重なり、金三の声には気づかず、おりょうは返事をすると、部屋から出ていってしまった。

——風呂へ入れだと！　こんちくしょう。あの強欲女め、磯貝たちのために身

体を洗えと言うのか。

こうなったら、力ずくで連れ出してやると決めた金三は、別の部屋から下りようとしたのだが、どの部屋も天井板が動かなくしてあった。暗い中で目をこらしても何も見えず、手探りしてみても、釘が打ちつけられているようでもなかった。

――強力な糊《のり》でも使ったのか。

金三は頭をかきむしり、天井の節穴を見つけて下をのぞき、

「あっ」

と、思わず声をあげた。

下で店の者たちが眠っている。食事に眠り薬を入れられたのだと、金三はようやく気づいた。

「こいつはいけねぇ」

外から入りなおすしかないと思った金三は、庭に下りるために、屋根裏から出ようとした。

だがどうしたことか、出入りしていたところの木枠《きわく》がびくともしない。

「しまった、閉じ込められた」

六兵衛に気づかれていたのだ。

「野郎、こんちくしょうめ！」

金三は天井板を踏み抜いて下りようと思い、おりょうの部屋の上に行くと、穴からのぞきながら、風呂から上がってくるのを待った。

見ていると、おかよが部屋に入り、布団を敷きはじめた。

上機嫌で下手《へた》くそな鼻唄を唄いはじめたので、金三は憎悪に満ちた顔で身を震わせた。

布団を丁寧《ていねい》に整えると、

「女将さん、お布団敷いておきましたので」

おかよの反吐《へど》が出そうな大声に、金三は耳を塞いだ。

おりょうの返事は聞こえなかったが、

「たっぷり楽しむといいわ」

おかよが独り言を残して、部屋から出ていった。

尻《けつ》を蹴飛ばしてやりたいと思った金三であるが、ぐっと我慢して、おりょうを待った。

すると程なくして、足音がした。

おりょうが風呂から上がったのだと思い、急いでのぞいてみると、すぐに明かりが消された。

目が慣れていないせいで、金三は何も見えなくなった。

真っ暗な中、布団に入る衣擦れの音がしている。

まだ寝るには早いだろうと思った金三は、眠っている店の者たちのことを思い出し、はっとした。

「おりょうさんも薬を飲まされたのだ」

眠ったおりょうを抱えて逃げるのは無理だと思った金三は、天井板を蹴破ろうと立ち上がった。

その時、下で男の声がした。

「おい、六兵衛、支度はできておろうな」

――磯貝だ。

金三は息を呑んだ。

相手は刀を持っているだろう。身体が縮み上がった。

「はい。たっぷりと、可愛がってやってください」

六兵衛が答えると、廊下に足音がした。

闇に目が慣れた金三が穴からのぞくと、廊下に立つ磯貝の影が月明かりを遮り、おりょうの顔を見えなくしていた。

磯貝は大小を抜いて連れの者に預け、袴を脱ぎながら配下に命じる。

「足を開いて押さえておれ」

応じた配下が、おりょうの足下に回った。

「やめろ！」

金三が叫ぶのと、

「ぎゃあっ！」

という悲鳴があがるのが同時だった。

おりょうの足をつかもうとした配下は、布団を剝ぎ取ったのだが、その刹那、立ち上がった女に股間を蹴り上げられたのだ。

股間を蹴ったのは、おりょうではなく、かえでだった。

おりょうが風呂から上がって戻る時に、密《ひそ》かに入れ替わっていたのだ。

かえでは昨日屋敷に忍び込み、六兵衛の悪だくみをおりょうに知らせ、今日に備えていた。

悲鳴をあげた配下は、白目をむいて、その場に突っ伏した。

「なな、なんだ？」

金三が目を見張っていると、

「貴様、何奴じゃ！」

磯貝が怒鳴り、配下の者が抜刀《ばっとう》する音がした。

おりょうが斬られると思った金三は、その場で跳び上がり、天井板を踏み抜いて、落ちるようにして下に降りた。

勢い余って畳に尻餅《しりもち》をつくと、目の前に刀の切っ先を突きつけられた。

下りた場所が悪かった。敵の目の前だったのだ。

しかも、二人や三人ではなく、大勢いる。

ぎらりと鋭い切っ先が振り上げられるのを見て息を吞んだ金三は、斬られると覚悟した。

すると侍が、

「ぐわっ」

突然顔をしかめ、庭を振り向いた。その肩には、手裏剣のような物が突き刺さっていた。

「誰じゃ！」

磯貝が怒鳴ると、黒装束をまとった男が庭に現れ、その後ろから藤色の着流しの侍が姿を見せた。

「金三さん」

腕をつかまれたので顔を向けると、金三は目を見張った。

「お前さん、煮売り屋の……」

おりょうの浴衣を着たかえでに、強い力で部屋の奥まで引っ張られた。

腰が抜けている金三が、へたり込んだまま見ていると、かえでは浴衣を脱ぎ捨て、黒い忍《しの》び装束《しょうぞく》に早変わりした。

何者だ、と問おうとしたが、声にならず、顎《あご》をがくがく動かすことしかできぬ金三である。

「甲州様！」

と、誰かが叫ぶ声に金三が顔を向けると、先ほどまで殺気立っていた侍たちが一斉に庭に駆け下り、地べたに平伏《へいふく》した。

驚いた金三が、かえでと、侍たちがひれ伏している藤色の着物を着た侍を交互に見ていると、

「甲府藩主、徳川綱豊様です」

かえでが小声で言った。

将軍の甥《おい》と知り、金三は開いた口が塞がらなくなった。

盗っ人の自分など、顔を拝むことすら許されぬ人物を前に、金三は気が遠くなり、綱豊こと新見左近が磯貝を叱りつけている言葉など、まったく耳に入らなくなっていた。

気づいた時には、侍たちは意気《いき》消沈《しょうちん》しながら帰っていき、綱豊公の精悍《せいかん》な顔が、月明かりに照らされていた。

いつの間にか、おりょうが金三の横に座り、綱豊公に頭を下げていた。

庭には六兵衛とおかよが地べたに座り、額《ひたい》を擦《こす》りつけている。

「そのように、いたします」

隣で、おりょうが返事をした。

うなずいた綱豊が、金三に目を向けて何か言った。

かえでに、

「お返事を」

と促されて、金三はわけもわからず、

「へへぇ」

両手をついて頭を下げた。

「よかったわね、金三さん」

かえでに言われて、

「へえ？」

金三が首をひねって見上げると、

「今日から、おりょうさんのそばで奉公が決まったのよ」

そう言われて、呆然《ぼうぜん》とした。

金三は思わぬ言葉に、頭が痺れたのだ。

翌日、小五郎とかえでの煮売り屋を訪れた左近は、店の片隅で酒を飲んでいた。

「それにしても、あの時の金三の顔を思い出すと、おかしくなります」

酌《しゃく》をしに来た小五郎が思い出して笑うと、かえでが言った。

「秘伝の糊で天井板を貼りつけていたのに、踏み抜いて下りてきた時は、てっきり斬られるかと思いました」

「まあ、それだけ想うていたのだ。女将のそばで奉公できるようになって、よかったではないか」

左近が言い、酒を飲んだ。

ところで、今回の悪だくみに関わった者がどうなったか。

まずは六兵衛であるが、おりょうに離縁を告げられて、おかよと二人で屋敷を出た。江戸から出たという噂もあるが、真相はわからない。

旗本の磯貝は、この半月後に公儀の詮議《せんぎ》を受けることになる。切腹は免《まぬが》れたが、三千石の領地と屋敷は召し上げられ、本所《ほんじょ》の小さな旗本屋敷に移り、代替わりするまで、わずかな俸禄《ほうろく》にしがみついて生きることになるのだ。

で、金三であるが、盗っ人であることは結局誰にも知られずに、天女と崇《あが》めるおりょうのそばに奉公が決まったのだが、二人が結ばれたかどうかは、左近の知るところではなかった。

ただ、高井屋は、幕末まで養子に頼ることなく血筋が続いたというし、歴代当主の名に金の字が使われているのは、金三の行く末を想像させよう。

夏の盛りの、出来事である。

第三話　女刀匠《おんなとうしょう》

一

この日、新見左近は、岩城泰徳に誘われて、小柳《こやなぎ》という料理屋に出向いていた。今年の春に商《あきな》いをはじめたという店は、両国橋《りょうごくばし》の東詰にあり、魚料理が旨《うま》い。

左近は泰徳にすすめられて、鮎《あゆ》料理を堪能《たんのう》した。

その後、泰徳と別れた左近は、川風を楽しみながら両国橋を越えると、西詰の広小路を歩んだ。まだ日が高いとあって、通りは大勢の人が行《ゆ》き交《か》っている。

広場の中央には芝居小屋や軽業《かるわざ》小屋、土弓屋《どきゅうや》などが並び、娯楽を求める人々で大変なにぎわいだ。

藤色の着流しの浪人姿である左近は、安綱を落とし差しにして、鞘《さや》が当たらぬよう気を使って歩んだ。

厚化粧をした土弓屋の女が近づいて、

「旦那、遊んでいってくださいな」

上目遣《うわめづか》いの甘えた声で誘ってくる。

左近は、女が袖《そで》を引っ張るのを苦笑いでかわし、

「急いでいるのだ」

断ると、足を速めた。

芝居が終わったのか、小屋から大勢の人が出てきたので、左近は立ち止まり、人の流れが途切れるのを待った。

女に人気の役者が芝居をしていたのだろう。出てくる客のほとんどが、着飾った女たちだった。

吐息と絶賛の声を聞きながら、左近は小屋の壁際にいたのだが、人の流れが途切れたところで歩みを進め、浅草橋のほうへ曲がった。

すると神田川《かんだがわ》にかかる浅草橋の袂《たもと》で、若い女が三人の浪人者に囲まれていた。

女は怯《おび》えてうつむき、酒に酔うた浪人どもは、にやけた顔を近づけ、何か言っている。

町の者は関わりを持ちたくないのか、見て見ぬふりをして、足早に通り過ぎていく。

浪人の一人が、女の腕をつかんだ。

女が拒《こば》むと、浪人が二人がかりで連れ去ろうとしたので、左近は助けるために駆け出した。

すると神田川の上流側から、つと現れた女が、浪人の腕をつかんで引き離すや、あいだに割って入った。

「この女！　そこをどけ！」

助けに入った女は、怒鳴られても一歩も引かず、囲まれた女をかばっている。

「往来でこのようなことをして、恥ずかしいと思わぬのですか」

そう言うと、

「何を！」

浪人がいきり立ち、つかみかかった。

その手を左近がつかみ上げると、浪人が痛みに悲鳴をあげた。

「酔うての乱行《らんぎょう》、許さぬ」

「は、放せ」

「さ、行きなさい」

背後にいる女たちに言うと、左近は浪人を突き放した。

三人の浪人が左近の前に立ち、鋭い目を向ける。

「貴様、死にたいのか」

言うなり抜刀《ばっとう》したので、左近は身構えた。

すると中央の浪人が歩み出て、斬りかかってきた。

「てやっ!」

浪人は袈裟《けさ》懸《が》けに打ち下ろそうとしたが、左近は間合いに入り、左手で相手の手首を受け止め、右の拳《こぶし》で腹を突いた。

おう、と声をあげて浪人が怯《ひる》むと、間髪《かんはつ》をいれず斬りかかった仲間の刃《やいば》を、左近は安綱を抜いて弾《はじ》き上げた。

刀がぶつかる音がすると同時に、浪人が後ろによろけた。

「くっ」

剛剣に恐れおののく浪人に左近は鋭い目を向け、安綱を正眼《せいがん》に構えた。

その剣気に押されるように浪人どもは後ずさり、さっと背を向けて逃げた。

左近が安綱を鞘に納《おさ》めると、野次馬たちは潮《しお》が引くように去っていき、何ごともなかったように人が行き交いはじめた。

「あの」

声をかけられて振り向くと、絡まれていた女が頭を下げた。

「危ないところをお助けいただき、ありがとうございました」

女は左近に言い、続いて最初に助けに入った女にも礼を言った。

「気をつけてお帰りなさい」

助けに入った女が年下の女に優しく声をかけ、帰っていく姿を見送った。

この時にはもう、左近は橋を渡ろうとしていたのだが、

「もし、お侍様」

と、声をかけられた。

立ち止まり横顔を向けると、袂から先ほどの助けに入った女が追いかけてきた。

「いかがした」

「先ほどは加勢をしていただき、ありがとうございました」

「いや、当然のことをしたまで」

女は笑みを浮かべて軽くうなずくと、一歩、歩み寄った。

「不躾《ぶしつけ》ながら、お願いしたいことがございます」

「うむ」

「お腰の太刀《たち》は、相当な価値があるとお見受けいたしました。是非とも、拝見させていただけないでしょうか」

左近は、安綱にそっと手を添えた。

「すまぬ、人に見せるような物ではないのだ。先を急ぐので、失礼する」

背を返し、橋を渡った。

女が太刀を見たいとは珍しい、と思いながら歩んでいると、

「あの、一目だけでいいのです。お願いします」

女がふたたび、後ろから声をかけてきた。

「先を急いでいるのだ」

急いではいないが、そう言って断っても、女はあきらめなかった。

「この通りの先にわたくしどもの店がありますので、お立ち寄りください。お手間は取らせませぬので、どうかお願いします、お侍様」

次第に声が大きくなり、周りの者が左近に注目しはじめた。

——これではまるで、追いすがる女を振り払う遊び人ではないか……。

そう思った左近は立ち止まり、女に振り向いた。

「やめぬか。無礼であろう」

「お願いします」

「刀は、やすやすと見せる物ではない」

「わたくしが女だからですか」

「そうではない」

左近は困った。いくら頼まれても、鎺《はばき》に葵《あおい》の御紋《ごもん》が刻《きざ》まれた安綱を見せるわけにはいかないからだ。

背を返し、逃げるように足を速めたが、女はあきらめずについてくる。

左近は立ち止まり、呆《あき》れて振り向いた。

「ついてきても、無駄だぞ」

すると女は、

「わたくしの家は、同じ方向なのです」

申しわけなさそうに言う。

嘘《うそ》かほんとうかは知らぬが、左近は道を譲り、女を先に行かせた。

女は横目で見ながら、左近の前を通り過ぎた。

少し離れて、左近は歩みを進めた。

女は蔵前通りに出るとまっすぐ北に進み、左近が帰る方角に向かった。

左近も蔵前通りに出ると、右手に御米蔵《おこめぐら》、左手に札差の屋敷が並ぶ通りを過ぎ、谷中に帰るために左へ曲がった。

すると少し先の辻《つじ》から、先ほどの女が出てきた。

蔵前通りでは左近より前を歩き、まっすぐ花川戸町方面へ向かっていたはず。

そう思って見ていると、ちらりと振り向き、左近を確認した。

どうやら戻ってきたようだ。

このままでは谷中の屋敷までついてくると思った左近は、女の目を盗み、すっと脇道に入ると駆け出した。

寺町に入り、東本願寺《ひがしほんがんじ》の門前通りを左に曲がったところで後ろを見ると、女は来ていなかった。

ほっと息を吐き、襟《えり》を正して谷中に帰ろうとした時、前方の辻から女が出てきた。

左近を見て、逃がさないと言わんばかりに、笑みを浮かべてお辞儀をした。

だが、安綱を見せるわけにはいかぬ。

左近がきっぱりと断るつもりで女に向かって歩みはじめたその時、女に近寄る男の姿が目に入った。

——危ない。

と思うと同時に女が苦痛に顔を歪《ゆが》め、右腕を押さえて膝《ひざ》をついた。

男は女を見向きもせずに、人混みの中に紛《まぎ》れていった。

「きゃあっ」

女の袖からしたたる血を見て、町娘が悲鳴をあげた。

左近は女に駆け寄り、肩を支えた。

「どこをやられた」

「う、腕を」

激痛と恐怖に身を震わせる女の右腕から、血が流れている。

左近は安綱の下緒《さげお》を取り、

「しばし我慢いたせ」

右腕をきつく縛って止血した。

「立てるか」

「はい」

「医者に行こう」

「いえ、父が傷の治療に長《た》けておりますので、大丈夫です」

「では送ろう。家はどこだ」

「神田の、鍛冶町《かじちょう》でございます」

道筋が全然違う場所だ。

女は、ばつが悪そうな顔をして笑ったが、すぐ辛《つら》そうに顔を歪めたので、

「やはり医者に診《み》せたほうがよい」

左近がふたたびすすめたのだが、女は家に帰ると言って聞かなかった。

仕方なく町駕籠《まちかご》を雇い、ゆっくり行くよう命じると、左近はまた襲われること
を警戒してついていった。

女は鍛冶町の質屋、天草屋《あまくさや》録蔵《ろくぞう》の娘で、霞《かすみ》と名乗った。

駕籠が店の前につけられると、手代が着物を血に染めた霞に目を見張り、慌《あわ》て
て出てきた。

「お嬢様！　お怪我《けが》をされたのですか！」

「騒ぐな、清助《きよすけ》」

霞が言ったが、手代は黙っていない。

「誰にやられたのですか！」

駕籠にすがるようにして、霞の身を案じた。

「お父様はおられますか」

「はい」

「傷の手当てをしてもらいます。支度を」

「はい、すぐに」

店に駆け込んだ手代の声に驚き、他の者が出てきて霞を駕籠から降ろすと、中に連れて入ろうとしたところで、霞が立ち止まった。

「左衛門《さえもん》、このお方が助けてくださいました。座敷へご案内を」

霞が左近を帰らせてはならぬと命じると、

「お嬢様、さ、急いで中へ」

店の者が連れて入った。

それを見届けた中年の男が、左近に頭を下げた。

左衛門は番頭だと名乗り、

「どうぞ、中へお入りください」

腰を低くして言ったが、左近は辞退した。

背を返すと、番頭が行く手を塞《ふさ》ぎ、

「お嬢様に叱《しか》られてしまいます。どうか、どうか中へ」

霞は奉公人に厳しいと見えて、番頭は必死だった。

他の手代にも頭を下げられて、左近は仕方なく中に入った。

天草屋は質屋だと言うが、中は甲冑《かっちゅう》が並び、槍《やり》や弓、刀といった武具ばかりが置いてある。

武具を専門に扱う質屋だったのだ。

なるほど、霞がしつこいのはこのためかと左近は思った。

「たいした店であるな」

左近が褒《ほ》めると、番頭が嬉しそうに言った。

「初代録蔵が東照大権現《とうしょうだいごんげん》（徳川家康《いえやす》）様にお許しをいただき、明暦《めいれき》の大火以前からこの地で商いをさせていただいております」

霞の父が、四代目だと言う。

通された奥の座敷で番頭の自慢話を聞かされた左近は、出された白湯《さゆ》を飲みながら、霞の治療が終わるのを待たされた。

程なくして廊下に霞が現れ、片手をついて頭を下げた。

その顔つきは、町で見た時とは別人のように落ち着いて見えた。

年の頃は、三十半ばだろうか。

「傷は大事ないのか」

左近が訊《き》くと、

「腕を刺されましたが、幸い筋は切れておらぬようでございます」

霞が気丈に答え下座に着くと、すぐに廊下に足音がした。

白髪の鬢《びん》を整え、同じく白い口髭《くちひげ》をたくわえた老翁《ろうおう》が現れると、町人とは思えぬ所作《しょさ》で左近に頭を下げた。

歳は高齢だが、目つき身体つきからして、

――できる。

かなりの遣《つか》い手《て》だと、左近は看破《かんぱ》した。

二

霞が左近の前に来ると、きれいに揃《そろ》えた下緒を差し出した。

「先ほどはありがとうございました。加えて、数々のご無礼をお許しください」

左近が下緒を受け取ると、録蔵が訊いてきた。

「その下緒は、一見すると地味ではありますが、金糸《きんし》が編《あ》み込まれた見事な物でございますな」

左近が何も言わずに懐《ふところ》に入れると、録蔵は右に置いている安綱に目を向けた。

「霞、あれを持ってきなさい」

「はい」

命じられて霞が一旦下がり、黒の刀袋に入れた物を持ってくると、左近の前に置いた。

「どうぞ、ご覧ください」

録蔵に言われて、左近は刀袋から太刀を取り出した。鞘には、葵の御紋が入っている。

左近が顔を見ると、録蔵はうなずき、重々しく告げる。

「東照大権現様がご存命の時に、初代録蔵が賜《たまわ》った品でございます」

徳川家康が石田三成《いしだみつなり》との決戦に旅立つ前に、初代録蔵に打たせたふた振りのうちのひと振りだという。

銘《めい》は、録蔵の太刀。

これを気に入った家康は、ふた振りとも戦場《いくさば》に持っていき、戦に大勝利したのち、ひと振りは功をあげた者に授《さず》け、江戸に戻ると、葵の御紋を入れた鞘をこしらえさせて、初代録蔵に下賜《かし》したという。

葵の御紋が入った品を持つことを許されるというのは、当時はまだ豊臣《とよとみ》の世であったために、威厳はそこまでではなかった。

だが、徳川の世となっている今では、大変な名誉である。

その録蔵の太刀を見た左近は、鞘に劣《おと》らぬ素晴らしい物であると思い、

「見事な太刀でござる」

ぱちりと鍔《つば》を鳴らして納めると、録蔵に返した。

だが録蔵が見せたかったのは、刀ではなかったようだ。

「この下緒も、当時のままでございます」

そう言うと、左近に目を向けた。

「あなた様のと同じ下緒では、ございませぬかな」

将軍家秘蔵の太刀である安綱は、左近が持つことを許されたひと振り。その下緒が同じであるとは、たまたまとしか思えなかった。

「下緒は、同じような物がたくさんあると存ずる」

左近はそうごまかしたが、録蔵は両手をついた。

「是非とも、あなた様のお名をお聞かせ願いとうございます」

「新見左近だ」

「まことの名を、お聞かせ願えませぬか」

しつこく迫られたが、左近は身分を明かさなかった。

「おれは浪人、新見左近だ。それより、霞殿が襲われたことだが、相手に心当たりはあるのか」

左近が訊くと、録蔵は表情を厳しくして、娘のほうへ横目を向けた。

「あれがあなた様の太刀を拝見したがるのと、関わりがございます」

「うむ？」

「実は、娘は女だてらに、刀を打つのでございます。その腕前は、初代録蔵に迫るものがあるのですが、思う物ができず悩んでおりましたところへ、今日の出来事に出くわしたのでございます。あなた様が抜刀された刀を一目見て、その見事さに驚いたと申しておりました」

父親の言葉に霞が申しわけなさそうに頭を下げて、理由を話した。

「実は今、豊州《ほうしゅう》日畑藩《ひはたはん》から刀を打つよう依頼されておるのですが、競《きそ》う相手がいるのでございます」

霞が言うには、日畑藩十二万石の藩主から、元服《げんぷく》を迎える世継ぎのために作刀を依頼されたが、重国《しげくに》と言う刀匠も同じ依頼を受けており、どちらか優《すぐ》れたほうを、千両の大金をもって買い取ると言われていた。

古来の伝統を重んじるならば、女が直接刀に手を触れることを嫌うであろうが、日畑藩主、坂下周防守《さかしたすおうのかみ》は、息子のために優れた刀を欲《ほっ》しており、霞が女であることをまったく問題にしていないという。

周防守は、刀匠を競わせて良品を手に入れようとしているのであろうが、結果としていらぬ争いを招いているのは確かである。

「霞殿を襲った相手は、重国の手の者か」

左近が訊くと、録蔵がうなずいた。

「おそらく」

「千両に目がくらみ、こころを曇らせているようだな」

「それだけではございますまい」

「うむ？」

「周防守様は、勝ったほうを藩のお抱え刀匠に迎えたいと仰《おお》せなのです。そしてその俸禄《ほうろく》は、五百石」

「ほう」

左近はうなずいた。

五百石というのは、日畑藩の家中では高禄のはず。藩主周防守は、それだけ両名が打ち出す刀に惚《ほ》れ込んでいるということだ。

「初代録蔵とまではいきませぬが、大名家のお抱え刀匠になることは、我が家にとっては願ってもないことでございました。しかしこうなっては、どうにもなりませぬ」

録蔵はがっくりと肩を落とし、寂しげに言う。

「刀匠の腕がこれでは、勝負になりませぬからな」

傷が深く、力を込めて金槌《かなづち》を振るえるようになるまでには、三月《みつき》以上はかかるはずだと言う。作刀の期限は、二月《ふたつき》後だった。

左近は、意気消沈《いきしょうちん》する録蔵にかける言葉が見つからず、押し黙った。

「お父様、これでよかったのでございますよ」

霞が言った。

「女だてらに大名家の刀匠になろうとしたわたくしに、天罰がくだったのです」

「何を言うか。これまでお前が、どのような苦労をしてきたか」

「もう、いいのです」

霞は袖で顔を隠し、肩を震わせた。

「旦那様」

手代が声をかけて、廊下に座った。

「重国様がお見えになられました」

「何、重国殿が!」

「はい。お嬢様のお見舞いだそうです」

「おのれ、ぬけぬけと様子を見に来たな」

恨《うら》みに満ちた顔で言うと、録蔵は店に出ていった。

霞よりずいぶんと年上の重国は、弟子と思《おぼ》しき付き人を二人引き連れ、遠慮のない態度で店の上《あ》がり框《かまち》に腰かけて、骨董品《こっとうひん》を眺《なが》めていた。

録蔵が背後に現れるや、

「やあ、録蔵さん」

明るい声を発して、問うような顔つきをした。

「小耳に挟んだのだが、娘さんは、怪我をされたのかね」

「先ほど帰ったばかりだというのに、まるで見ておられたようですな」

録蔵が鋭い目で睨《にら》むや、重国の後ろに座った。

殺気を感じたのか、重国は立ち上がると、付き人に目顔を向けた。

応じた付き人が、風呂敷《ふろしき》に包んだ品を録蔵の前に置いた。

「そう、見ていたのですよ、録蔵さん。わたしの弟子が、浅草に買い出しに行った帰りに、娘さんが刺されるところを見たと言って飛んで帰ってきたので、これは大ごとだと思い、急いで来たのです。で、録蔵さん、娘さんの傷はどうなのです。刀を打てるのですか。無理なようでしたら、日延《ひの》べしてもらうように、お殿様に頼んだほうがよろしいのでは」

「ほぉう、日延べしてもらえとな」

「はい」

いけしゃあしゃあと、うかがうような顔をする重国を、録蔵は睨み上げた。

「元服の儀があるのですぞ。日延べできぬとわかっていて、そのようなことを言うとは、重国さん、あんたも人が悪い」

「いえ、わたしは本気で言っているのですよ、録蔵さん」

「では、あんたから頼んでくれるかね」

「わたしから？」

「娘のことを気遣ってくれるなら、あんたの都合が悪いことにすればいい。病気にでもなるか、それともいっそのこと、その腕を斬り落とすかしてくれないか」

録蔵がそう言って脇差に手をかけたので、重国は憤慨して睨んだ。

「人がせっかく見舞いに来て、傷が治るまで待ってやると言うのに、その態度はなんだ」

「黙れ！　娘を刺せと命じたのは、お前だろう！」

「な、何を言うか！　わたしは五代続く重国の名を継ぐ男だぞ。そのような卑《ひ》怯《きよう》な真似《まね》をするものか。怪我を理由に辞退されたら、どっちが優れた刀を作るかわからぬようになるから、こうして提案をしに来たのだ。変な言いがかりをつけるのはやめてもらいたい！」

重国はさっと背を向けると、

「気分が悪い！」

と捨て台詞《ぜりふ》を残して、付き人たちと共にさっさと帰っていった。

見舞いの品を外に放り投げた録蔵は、奴に違いないんだ、と言うと、手代に塩をまくよう命じて、奥の部屋に戻った。

悔しさに洟《はな》をすすった録蔵が、左近に両手をつき、頭を下げた。

「見苦しいところをお見せしました」

「いや……」

「嬉しさを隠したあの顔を思い出すと、腹が立ちます」

「うむ」

左近は、廊下の隅から重国の様子をうかがっていた。

録蔵が言うように、重国と付き人たちは、案じているような顔をしていたが、どことなく笑みをこらえているように見えた。

「これからどうなさるおつもりか。まさか、仕返しを考えてはおらぬだろうな」

「むろん、仕返しします」

言ったのは、霞だ。

「その腕でどうすると言うのだ」

心配する父親に、霞は言った。

「お父様に、手伝っていただきます」

「お前……」

録蔵が絶句していると、霞が続けた。

「十日もあれば、腕を動かせるようになります。左手で小鎚《こづち》を打ちますから、手伝ってください」

「なるほど、何もせずにあきらめるよりは、よほどましだ」

左近が言うと、録蔵が驚いた顔を向け、霞は微笑《ほほえ》んでうなずいた。

録蔵が口を開く。

「よし、わかった、やってみよう。しかし、無理はだめだ。まずは、傷を治さなければ」

「大丈夫、お父様が治療をしてくれたんだもの、すぐによくなるわ」

録蔵はうなずき、ふたたび左近に両手をついた。

「新見様……あなた様がすぐに止血してくださったおかげです。今日はまことに、ありがとうございました」

番頭の左衛門が、紙包みを左近の前に置いた。

「これは？」

「お礼でございます。どうぞ、お受け取りください」

「そのような気遣いはせずともよい」

左近は受け取らずに、安綱を持って立ち上がった。

「新見様！」

目に涙を浮かべた霞が、廊下まで下がり、頭を下げた。

「触れることをお許し願えぬのならば、遠くからでも、太刀を拝《おが》ませていただけませぬか」

「これ、霞！」

「理不尽《りふじん》な真似をする重国に負けたくないのです。どうか、どうかお願いいたします」

霞が言うと、録蔵も懇願《こんがん》する目で左近を見上げた。

黙って座りなおした左近は、二人に背を向けて安綱を抜くと、金無垢《きんむく》の鎺《はばき》に刻まれた葵の御紋を見せぬために、脇に差すようにして刀身を後ろに出した。

「これしか、見せられぬ」

――この人物は、身分を隠している。

録蔵は左近の気持ちを察したらしく、

「ご無礼いたします」

そう言うと霞を促《うなが》して、刀身に見入った。

幕府御様《おためし》御用役《ごようやく》、山野《やまの》永久《ながひさ》いわく、清流の水面《みなも》のような輝きといい、刃文《はもん》といい、まさしく、平安《へいあん》の世の名刀工、大原《おおはら》安綱の作とされる宝刀の中の宝刀。

圧倒される美しさと力強さを見せる安綱を目の当《ま》たりにして、霞は目を見張り、ため息をついた。

録蔵は、太刀が安綱だと見抜いたわけではないが、このような代物《しろもの》を持っている左近はただ者ではないと確信したのか、膝行《しっこう》して後ずさり、畳に額《ひたい》をつけた。

「見事なひと振りにございます。わたしどものような質屋にお見せいただき、ご無礼の段、平にご容赦《ようしゃ》を」

「お父様？」

父親の慌てぶりに驚いた霞が、改めて左近を見た。

「あ、あのう、あなた様はいったい……」

左近は静かに納刀《のうとう》すると、立ち上がった。

「おれの名は新見左近。ただの浪人だ。霞殿」

「はい」

「名刀が作れるとよいな」

左近はそう言うと、霞の瞼《まぶた》に爽《さわ》やかな笑みを残して去っていった。

三

「何、刀を作るだと」

「はい」

よかったと安堵《あんど》の腰を下ろしたのは、豊州日畑藩江戸屋敷で腰物奉行《こしのものぶぎょう》を務める才田学《さいだがく》だ。

才田の前に座っている霞は、腕をさすった。

「昨日試しましたところ、なんとかできそうです」

「うむ、うむ。怪我をしたと聞いて案じておったが、よかった。録蔵、娘に無理をさせてすまぬ」

あやまる才田に笑みで首を横に振った録蔵は、久しぶりに刀鍛冶《かたなかじ》の仕事をして、気力が増したような顔つきをしている。

「傷の治りが思うたより早うございましてな。期日には間に合いそうです。そうとは知らぬ重国の奴めは、霞が怪我をしたことで競争相手にならぬと高《たか》をくくり、今頃は安心して刀を打っておることでしょう」

「その油断が、駄作を生むのじゃ」

才田は、したり顔で笑った。

「傷を負って、今日で半月ほど。霞はなんとか鎚《つち》を振るえますが、長くはできないでしょうから、わたしも手伝うつもりです」

「なんじゃ。霞一人では無理か」

「不満でしょうが、老体に鞭打《むちう》ってやりますよ」

「まあ、それでも構わぬ。ようは、重国に勝てばよいのだ」

「ですが、万が一ということがございます。他の策も、お考えになられたほうがよろしいかと」

「おぬしも心配が尽きぬ男じゃのう。それほど腕に自信が持てぬのか」

「若様元服のお祝いの刀でございますので、この録蔵と霞の持てる技をすべて注ぎ込む所存ではございますが、代々受け継がれた録蔵の作風は、戦場で力が振るえるよう身が厚く、輝きよりも斬れ味を大事にするもの。美を重んじられるお殿様は、好まれぬのではないかと不安なのです」

録蔵が言うと、才田は横に置いていた刀袋から白鞘《しらさや》の刀を取り出し、すらりと抜いて見せた。

「それは――」

一目見て、録蔵が瞠目《どうもく》したのに、才田がうなずいた。
「ご明察のとおり、重国が作った物だ」
三月《みつき》前に、才田があるじに渡したひと振りである。
才田は刀好きの坂下周防守に名刀探しを命じられて、名工として名を知ってい
た重国の仕事場を訪れ、他家の者に頼まれて完成させていた刀に目をとめた。
重国は渋ったが、あるじのために無理を言って倍の額を払い、手に入れた刀で
ある。
「殿はこれを気に入り、菫《すみれ》の太刀と名づけて大切にしておられる。見てのとお
り、その名にふさわしき美しい刀じゃ」
才田は刀の切っ先を上に向け、目を細めて眺めた。
「しかし、重国を召し抱えることだけは、あきらめていただかなくてはならぬ。
あの者は、刀匠だけでは満足せぬはず。必ず、藩政に口を出すようになろう」
菫の太刀を気に入った周防守は、作刀した刀匠に会いたいと言い、重国を上屋
敷に招いた。褒美《ほうび》を取らそうとしたのだが、重国はそれを断り、仕官を望んだの
だ。
周防守は重国を気に入り、藩専属の刀匠として五百石で召し抱えると言い出

し、江戸家老をはじめ、重臣たちを驚かせた。

江戸家老が目付《めつけ》に命じて重国のことを調べたところ、刀工としての腕は確かだが、無頼者を身近に置き、近所の評判も悪い。金に困れば刀を打ち、儲けたら賭場《とば》にも足を運び、儲《もう》けた金もたちまち消えていく。金に困れば刀を打ち、儲けたらとことん遊ぶ……これの繰り返しだ。

そのような者に五百石を与えても、藩士としてまともな暮らしをするとはとても思えないというのが、目付の見立てだ。

かといって、家臣に厳しいあるじに苦言を呈することもできず、不満の矛先《ほこさき》は、腰物奉行の才田に向けられていた。

刀の収集に大金を使う才田が、あるじをそそのかして高価な刀を買わせ、予算を水増しして私腹を肥《こ》やしていると、根も葉もない噂《うわさ》を立てられているのだ。

重国をあるじに紹介した責任を感じた才田は、重国を召し抱えることをやめさせる手立てを考え、以前から知り合いであった録蔵を頼り、腕のいい霞と競わせることを思いついた。

頼まれた霞は、重臣たちに睨まれている才田を助けるために、優れた刀を作ることを約束していた。

「だが、この菫の太刀は、実に見事だ。霞、これに勝てるか」

才田が言うと、霞が応じた。

「先日、さるお方から素晴らしい刀を見せていただきましたので、よい物ができると思います」

「おお、そうか。して、さるお方とは誰だ」

これには録蔵が答えた。

「新見左近と申される浪人者ですが、刀は菫の太刀より優れた物。鎺《はばき》を隠しておられましたが、あれだけの物を持たれているからには、ただ者ではないと思うております」

「どこぞの大名が、お忍びで歩いておったと申すか」

「おそらく」

「刀を質に入れに来たのか」

「いえ、新見様は、傷を負わされた娘をお助けくださったのです」

「なるほど、そうであったか。しかし、よう見せてくれたのう」

「娘が、せがんだのでございますよ」

「して、どのような刀だ」

「清流の水面のような輝きに、刃文は連《つら》なる山のように激しく、刃は近づいただけで斬れそうなほど鋭い。刀身の反《そ》り具合はまさしく、平安の世の太刀」

「ほう、そのような宝刀を持っている者に出会うとは、きっと神仏の思《おぼ》し召《め》しに違いあるまい。期待しておるぞ」

才田は霞と録蔵を交互に見て、思い出したとばかりに手を打った。

「今日は、そのほうらによい知らせがあった。以前に話した縁談のことだ」

「おお、どうなりましたか」

録蔵が身を乗り出し、膝をにじり寄せた。

「やはり、この勝負に勝つことが条件だ。見事勝負に勝ち、藩のお抱え刀匠になったあかつきには、息子を婿《むこ》に出すと申されたぞ。相手は藩の重臣。悪い話ではあるまい。のう、霞」

「はい」

霞がうなずくと、録蔵が大乗り気で応じた。

「そういうことでしたら、なんとしても勝たねばなりませんな。この録蔵、老骨《ろうこつ》に鞭打って励《はげ》みますぞ」

「うむ。それからな、ひとつ大事なことを伝えておく」

「勝負に勝ち、めでたく婚儀となった場合、豊州へ行ってもらうことになる」

「なんでしょう」

「豊州へ、でございますか」

録蔵に続いて、霞も訊いた。

「お仕《つか》えするのは、江戸ではないのですか」

「うむ。江戸は刀鍛冶をするには何かと窮屈《きゅうくつ》であろう。領地では上質の鉄が採《と》れる。それに加え、鍛冶には欠かせぬ木も豊富だ。与えられる屋敷も広いので、思う存分刀が作れるぞ」

才田がそう言うと、霞の表情が曇った。

「いかがした、霞」

録蔵が訊くと、霞は才田に両手をついた。

「そうなった場合、この天草屋はどうなるのでしょうか」

「録蔵の考え次第じゃ。店ごと日畑の城下に移るもよし、誰かに譲るもよし」

「お父様、共に豊州へ来ていただけますか」

「はて、どうしたものか」

「録蔵、日畑藩の国許《くにもと》はよいところだぞ。水も食い物も旨い」

「うぅむ」

難しい顔をする録蔵を見て、霞が言った。

「才田様、豊州へは、まいりませぬ」

「何、行かぬだと」

「はい。わたくしは今の暮らしのまま、お抱えの刀匠になれると思うておりました。物心ついた頃から鎚を振るっていたこの家の仕事場でなければ、よい刀が作れません」

「そう思うておるだけだ。日畑の国はよいところであるから、すぐに慣れる」

「お国入りをさせぬとお約束くださらなければ、この勝負と縁談のこと、辞退させていただきます」

霞が言うと、才田が慌てた。

「いや、それは困る」

「では、お約束ください」

「いや、それも困る。だいいち、この家にいたのでは、殿に奉公できぬではないか。江戸にとどまるにしても、五百石をいただく限りは藩邸の役宅に入り、それなりの体裁《ていさい》を整えねばならぬのだぞ」

「わたくしは女でございます。殿方のように役宅などいただいては、藩の恥《はじ》になるのではございませぬか」

「たわけ者。殿はそなたが女と承知のうえで、この勝負を命じておられることを忘れたか」

「忘れてはおりませぬ」

「それにな、奉公するのは婿になる者だ。江戸におれば、藩邸に住まわねばならぬ。江戸藩邸内では鍛冶仕事ができぬゆえ、豊州へ移れと申しておるのだ」

この家にいられないと知り、霞は肩を落とした。

「おい、刀を作るのをやめるなどと、申すのではあるまいな」

「いえ、作ります。でも……」

「でも、なんじゃ」

「やはり、江戸は離れたくありません」

霞のこころが乱れることを恐れた才田は、話題を変えようとした。

「まあよい。勝敗が決まっておらぬのにこの話をしても意味がない。今は、勝負に勝つことだけを考えよ」

「この家にいてもよいとお約束いただけねば、鎚に乱れが生じます」

才田は目を伏せてしばし考え、霞を見た。

「よしわかった。わしが先方に話してなんとかする」

「縁談のことは、どうでもよいのです」

「何？」

「だめになっても、構いません」

「おい、先ほどは喜んでいたではないか」

「今は、刀のことだけを考えたいのです」

「わ、わかった。そうだな、確かにそなたの言うとおりだ。必ずよい刀を作ってくれ。このとおりだ、頼むぞ」

才田が頭を下げたので、録蔵が驚いた。

「才田様、お顔をお上げください。これ、霞、わかりましたと言わぬか」

「必ず、よい刀を作ってご覧に入れます」

才田が顔を上げて安堵の息を吐くと、録蔵の腕をたたき、袖を引いた。

「おい、おい」

「はい？」

才田はちらりと霞を見て、録蔵に耳打ちした。

「まさかとは思うが、誰ぞ好きな男でもおるのか」

言われて録蔵が驚き、霞を見た。

霞は聞こえぬふりをして目を伏せているが、顔が赤くなっている。

娘の様子を見てはっとした録蔵が、才田に耳打ちした。

「娘を助けた新見様かもしれませぬ」

「しかし、その者は大名かもしれぬと申したではないか」

「申しましたが、そうではないかもしれませぬ」

「どっちなのだ！」

「わかりませぬが、ただの浪人ではないことは確かかと。これがまた、高貴な顔立ちをした爽やかな男でございましてな。男でも惚れるほどの人物なのです」

「なるほど。霞はその者に惚れたか」

ひそひそとささやき合う二人に、霞が目を上げた。

「お父様、才田様」

「はい」

二人がさっと離れると、霞が言い放つ。

「わたくしに想い人はおりません」

ぴしゃりと言われて、録蔵と才田は口を噤《つぐ》んだ。

咳払《せきばら》いをした才田が話を変えた。

「それはそうと、録蔵」

「はい」

「刀作りをはじめたことを重国が知れば、また何をしてくるかわからぬ。藩に腕の立つ者がおるのだが、警固《けいご》に来させよう」

「お気遣いいただきまことにありがたいのですが、わたしが目を離さぬようにしますので、ご心配なく」

「おぬしは金槌を振るって疲れておろう。腕が立つと申しても、いざとなれば役に立たぬ。さっそく手配するので、待っておれ」

そう言うと立ち上がり、藩邸に帰ろうとしたのを霞が止めた。

「わたくしは家から出ないようにしますので、ご心配は無用にございます。相手も、わたくしが怪我をして何もできないと、安心しておりましょう」

「しかしな――」

「見知らぬお方が家におられますと、気が散りますので」

そう言われては、才田も引き下がるしかない。

「わかった。くれぐれも、気をつけるようにな」

才田は、また様子を見に来ると言い、帰っていった。

ほっと息を吐いた録蔵が、肩を落として言った。

「お前、せっかくの話をどうして断ったのだ」

「なんのことです？」

「決まっておろう。お国入りのことだ。刀匠を続けるには、豊州の地はもってこいではないか」

「いいのです」

「わしのことを気にして、断ったのか」

「違います」

「ではやはり、男か」

「わたしは、この江戸が、天草屋が好きなのです。他に跡継ぎがいないのですから、いさせてください」

「新見様には、東照大権現様に気に入られた老舗《しにせ》などと、偉そうなことを申したが、今は学問好きの公方《くぼう》様の世だ。武具しか扱わぬ天草屋など、わしの代で潰れてもよいのだ。何も気にせず、豊州へ行きなさい」

「お父様――」

「お前が幸せになれば、死んだ母さんが喜ぶ」

「お母様が？」

「うむ。母さんはな、幼《おさな》いお前を残して死ぬ前に、わしに言ったのだ。店を残すことにこだわらず、必ずお前を、女として幸せにしてやってくれとな。そのためには、後妻をもろうて跡取りを作ってもいいなどと、余計なことまで言いよった。しかし、血は争えぬものだ。女だてらに、大名家に招かれるほどの刀匠になってしまうのだからな」

そう言って録蔵が笑みを向けると、霞は辛そうに目を伏せた。

「と、とにかく、わたしは縁談がだめになっても、この家を出る気はありませんから」

「では、刀を作るのをやめるか。才田様には、わしが断りを入れよう」

「作りますよ。重国には負けたくないですから」

霞は勝気に言うと、部屋から出ていった。

娘の背中を見上げた録蔵は、何かを考える顔つきになった。女としての幸せよりも、刀を作るほうを選ぶ気なのかと、心配になったのだ。

その時、この部屋の様子を清助がこっそりうかがっていたのだが、録蔵は気づいていなかった。

「おい、そこで何をしているんだ」

番頭の左衛門が背後で声をかけると、

「いえ、何も」

清助は慌てて、店に戻った。

左衛門はその慌てぶりを見て首をかしげた。

「誰だ、そこにいるのは」

録蔵に言われて、左衛門は奥の部屋に行った。

「旦那様、清助の奴が、そこで立ち聞きをしていました」

「何、清助が？」

「はい、都合の悪いことを聞かれてはおりませんか」

「聞かれたかもしれぬな」

「何をです？」

「まあよい。それより左衛門、わしは明日から霞の手伝いで寝る暇《ひま》もなくなる。どうだ、一杯付き合わぬか」

「よろしいので」

「ああ、一人で飲んでも楽しゅうないからの。柳原《やなぎはら》の料理茶屋にでも行こう」

「しかし、家を空けるのはどうかと」

「清助や、他の者もおる」

「さようでございますね」

左衛門が揉《も》み手《で》をして喜び、

「では、駕籠の手配をしてまいります」

そう言うと、跳ねるように部屋から出ていった。

腕組みをした録蔵は、また考える顔をした。

「負ければ才田様の助けにならぬし、勝って豊州に行くことになれば、娘が悲しむ。さて、どうしたものか」

四

霞は父親と清助を連れて、翌朝から鍛錬場《たんれんば》に籠《こ》もった。

藁《わら》を焼いて灰を作ることからはじめ、炭切りをして火を熾《おこ》し、十分に熱した玉金《たまかね》を、録蔵と清助が大鎚《おおづち》でたたきはじめる。

霞は鍛錬されていく玉金を返して形を整え、熱を冷ますと一度砕《くだ》いた。硬い鉄と軟《やわ》らかい鉄に分けて重ねると、和紙で包み、藁灰《わらばい》と粘土汁《ねんどじる》をかけて火床《ほど》に入れ、表面の粘土が溶けるほど熱すると、ふたたび鎚を振るって鍛える。

日本刀の形になるまで、何十回と折り重ねては鍛錬を繰り返し、体力も気力も消耗する大変な重労働であるが、三人は寡黙《かもく》に作業を続け、なんとか生研《なまと》ぎまで形を整えることができた。

腕を痛めている霞は、懸命に小鎚を振るっていたのだが、痛みが限界に達し、脂汗《あぶらあせ》をにじませている。

「無理をせぬほうがよい」

ここからが肝心《かんじん》だと、録蔵が案じた。

焼き入れ前の準備として、平地《ひらじ》用、刃文用、鎬《しのぎ》用に分けて焼刃土《やきばつち》を塗るのだが、霞の腕は震えがひどく、繊細《せんさい》な作業ができる状態ではなかった。

「これを誤ると、今までの作業が台無しになる。明日にいたそう」

録蔵の言うとおりだった。塗りをいい加減にすれば、焼き入れで刀身の反りが狙いどおりにならず、思うような刀にならないのだ。

この焼き入れ作業は、やりなおしが利かない。一回だけの勝負で、刀の出来栄《できば》えが決まるのである。

霞の身体がいつもどおりなら、ここまで五日で仕上げるのだが、すでに七日を要していた。

明日、手の震えが治《おさ》まっていても、土塗りだけで一日かかる。

刀を鞘に納めるまでの日数を考えると、急がねば、期日に間に合わない。

失敗は許されないのだ。

ゆえに霞は、父の言うとおりにして、刀身をいたわるように台の上に置くと、この日の作業を止めた。

清助は鍛錬場を出る時に、ちらりと刀身に目を向けた。

録蔵はその目線に気づき、声をかけた。

「清助、疲れたであろう」

「いえ、旦那様こそ、お疲れでございましょう」

「さすがにこたえた。じゃが、ここまで来れば、あとは霞の腕次第だ」

「はい」

「明日からは、わしと霞だけで十分じゃ。ゆっくり休んでくれ」

「よろしいのですか」

「うむ。これで酒でも飲んでこい」

録蔵は小粒金を渡してやり、肩をたたいた。

その清助がこっそり店を抜け出したのは、真夜中のことである。

拍子木《ひょうしぎ》を鳴らし、

「火の用心」

と声をかけながら通りを歩む夜廻りを避けるように、路地に潜《ひそ》んだ。

通り過ぎるのを待って、あたりを見回しながら向かった先は、牢屋敷《ろうやしき》近くの大《おお》伝馬町《でんまちょう》だ。

しきりにあたりを警戒しながら歩みを止めたのは、重国の屋敷の前だった。

清助が潜《くぐ》り戸《ど》をたたくと、人相の悪い男が顔をのぞかせて中に引き入れ、跡をつける者がいないか確認して戸を閉めた。

清助は母屋《おもや》ではなく、鍛錬場に連れていかれた。

「師匠、清助が例の物を持ってきました」

「おお、来たか」

夜中だというのに鍛錬場に入っている重国は、刀を研ぐ手を止めて水を拭《ぬぐ》うと、刀身に目を細めた。

清助は、その刀の美しさに目を見張った。

「そ、それが、日畑藩の殿様の刀ですか」

重国は答えずに、弟子に刀を渡し、清助に顔を向けた。

「持ってきたのか」

「はい。これでございます」

清助が布を解いて見せたのは、今日鍛錬し終えたばかりの、霞の刀だ。

「焼き入れ前の物を、奪ってまいりました」

「うむ」

受け取った重国が、生研ぎで油分を落とし、錆《さび》が浮きはじめている状態の刀身を眺めた。

片腕に載せ、刃になる部分を片目で見ると、鎬と平地を眺め、鼻で笑った。

「見てみろ」

弟子に渡すと、刀身を見た弟子も、この程度かという顔をして重国に笑みを向けた。

「腕の傷が効いているのか」

重国に言われて、清助がうなずいた。

「おそらく」

「それにしても、この程度とはのう。傷など負わさずとも、よかったのかもしれぬ」

「先生、わたしは先生が弟子にしてやるとおっしゃったので、人を雇ってお嬢さんを襲わせたのです。こうして盗みも働きました。これで先生の勝利は確実。約束どおり、弟子にしていただけるのでしょうね」

「まあ、約束だからな。末席に加えてやろう」

重国が言うと、清助は明るい顔をした。

「ありがとうございます」

「ただし、ことがすべて終わってからだ。それまで、品川《しながわ》にでも行って遊んでおれ。おい」

重国が顎《あご》で命じると、弟子が懐から小判を出し、清助に渡した。

「二十両も！」

「その金が尽きる頃には、お前は五百石取りの刀匠の弟子だ」

「はい」

「よいか、天草屋の者に見つからぬよう、うまく逃げろよ」

「わかりました。品川とは言わず、箱根《はこね》あたりまで逃げておきます」

「うむ」

「では、わたしはこの足で向かいます」

「忘れるな。金が尽きるまで、戻ってはならんぞ」

「はい」

清助は頭を下げて、旅立っていった。

「ふん、馬鹿な奴だ。二十両が尽きて戻っても、我らはすでに豊州に発《た》っておるわい」

「裏切ったことを恨みに思い、訴えて出ませんか」

「知らぬことと言えば、それまでじゃ。証《あかし》は何ひとつないのだからな」

そう言うと、重国は改めて刀身を眺めた。

「それにしても、この程度の腕でわしと勝負しようなどとは、舐《な》められたものじゃ。清助の口に騙《だま》されたわしも、愚《おろ》かであったわい」

重国は腹立たしげに吐き捨てると、刀身をたたき台に載せて鎚で打ち、真っ二つに折った。

茎《なかご》の部分を放り投げると、弟子が拾い集め、鉄くずの中に放り込んだ。

翌朝、鍛錬場に入った霞は、台の上から刀身が消えているのに気づき、足の力が抜けてしまった。

「どうした」

「お父様、刀身がどこにもありません」

「やはりそうか」

「どういうことです。お父様！」

「わからぬのか、清助が盗んだのだ」

録蔵に言われて、霞は清助の姿がないことにようやく気づいた。

「まさか」

「さよう。奴め、わしらを裏切りおった。この勝負が決まったあたりから何やら様子がおかしいと思うたので、左衛門に見張らせておったが、時折人相の悪い者と繋《つな》ぎを取っていたようだ。おそらくお前を襲わせたのも、清助に違いあるまい」

「そんな……」

「子供の時分から育ててやった恩を、仇《あだ》で返されるとは……わしも焼きが回ったものじゃ」

霞は手で顔を覆《おお》った。

「もうだめです。今から作りなおしたのでは、間に合わない」

「さて、それはどうかな」

録蔵が言った時、番頭の左衛門が呼びに来た。

「旦那様、才田様がおいでになりました」

「おお、ちょうどよかった。今行く。霞、お前もおいで」

「辞退を申し上げるのですか」

「まあ来なさい」

肩を落としていた霞は、録蔵に従い鍛錬場を出た。

先に行っておれと言われて、霞は才田が待つ客間に入った。

才田はあいさつもそこそこに、

「どうじゃ、作業は進んでおるか」

問われて、霞は頭を下げた。

「いかがした」

「申しわけございません。これから焼きを入れようという時に、刀身を盗まれてしまいました」

「なんじゃと！　重国の手の者か！」

才田が目を丸くすると、

「いやいや、才田様、ご心配はいりませぬ」

録蔵が言いながら入ってきて霞の横に座り、布に包んだ長い物を置いた。

「録蔵、何が心配いらぬのじゃ。刀身を盗まれたのであろう」

「ははは、確かに賊に盗まれましたが、奴めが持っていきましたのは、霞が鍛錬した物ではのうて、この老《お》いぼれが手遊《てすさ》びに鍛錬しておった物でしてな。言わば、偽物《にせもの》なのですよ」

録蔵は笑みまじりに布を解いて見せた。それは確かに、昨日仕上げた刀身だった。

「お父様、これは」

「おお、そうとも。賊に盗まれぬよう、密《ひそ》かに入れ替えておったのだ。あれを見た者は、霞とはこの程度の腕かと、安心しておろうよ」

「では、盗まれてはおらぬのだな」

才田が訊くと、録蔵が莞爾《かんじ》としてうなずいた。

「はい」

「それにしても重国め、許せぬ。今から行って、懲《こ》らしめてやろう」

「いやいや、重国が盗んだという証はないのですから、才田様、このまま盗まれたことにしておきましょう。また邪魔をされたら、今度こそ間に合いませんからな」

「そうか、ではそうしておくが、やはり警固の者をつけてやろう」

「大丈夫でございます。昨日の品を見て相手にならぬと高をくっておりましょうから、手を出してはまいりますまい」

「まことに大丈夫なのか」

「わたしの力仕事は終わりましたので、今度邪魔をするようであれば、それこそ得意の剣術をもって、斬り捨ててやります」

「それならば何も言うまい。霞、期日に遅れぬよう、頼んだぞ」

「おまかせください」

霞が頭を下げると、才田は安心して藩邸に帰っていった。

「お父様のおかげで助かりました」

「なんの、不忠者を家に置いたわしが、愚かだったのだ」

「重国に負けぬ刀を作ってみせますので、楽しみに待っていてください」

霞はそう言うと、刀身を大事そうに胸に抱えながら鍛錬場に足を運んだ。

五

録蔵と霞が魂《たましい》を込めた刀ができあがったのは、期限ぎりぎりの日であった。

紋付袴《もんつきはかま》の男装をした霞が、父と共に神田佐久間町《かんださくまちょう》の日畑藩邸に入ると、大広間の庭に通され、白洲《しらす》に控えた。

すでに重国と弟子たちは到着しており、重国は霞を見るや、男装を馬鹿にするように口元に笑みを浮かべ、弟子たちも蔑《さげす》んだような目を向けた。

「録蔵さん、刀は完成したのかね」

重国が余裕たっぷりの表情で言うのを、録蔵は横目で睨み、

「ふん、吠え面《ほえづら》をかくなよ」

鼻で笑うと、前を向いた。

程なく藩の重臣たちが現れ、左右に分かれて廊下に座った。そして一同が揃ったところで藩主の坂下周防守が現れ、座敷の正面に腰を下ろすと、刀の検分がは

じまった。

腰物奉行の才田が現れ、配下の者二名が白木の鞘に納められた刀を持ち、周防守の前に進むと、鞘を持って柄《つか》を差し出した。

名前で左右されるのを防ぐために、作者の名を明かさずに、どちらが優れているか選ぶのだ。

周防守はまず、右のほうを抜刀した。

ぎらりと抜かれた刀身を見て、重臣たちからどよめきが起きた。

作った者ならば、それがどちらの作であるかはすぐにわかる。

だが、両者の目の前には屏風《びようぶ》が置かれ、検分の様子が見えないようにされていた。

「なんとも美しい、見事な作りじゃ」

周防守の言葉で自分の物だと確信したのか、重国が弟子たちに振り向き、ほくそ笑んだ。

「次の物を」

周防守が言うと、抜き身の刀を家臣が引き取り、続いて左の者が柄を差し出した。

屏風で様子がわからない霞は、先ほどとは違い、皆が静かなことに不安となった。

重国は最初に見たのが自分の物であると思っているので、どよめきが起きぬことで勝利を確信し、余裕の表情で霞を見た。

霞は祈るような顔をして、目を伏せている。

「どうやら、勝負あったようじゃ」

霞の横にいる録蔵が、ぼそりとつぶやいた。

屏風の先では、静かに抜刀した周防守が、じっと刀身を眺めていた。

その顔は険しく、重臣たちは固唾《かたず》を呑《の》んで見守っている。

あまりにひどい物であれば、怒りにまかせて、刀匠を手討ちにするかもしれないと案じているのだ。

「才田！」

刀身を下ろした周防守が怒鳴ったので、才田が膝行して頭を下げた。

「はは！」

「これを作ったほうを、余《よ》の前に」

「かしこまりました」

するのと、手討ちを恐れた江戸家老が、周防守を止めた。

「殿、何とぞお慈悲《じひ》を」

「お前は黙って控えておれ」

「ははぁ」

じろりと睨まれて、江戸家老は慌てて身を引いた。

「才田、早うせい」

「ただ今」

才田が庭に下り、配下の者にうなずいて、霞の前に置かれた屏風を取らせた。

まさか手討ちにされるとまでは思ってもいなかったのか、重国は安堵しながらも、霞を哀《あわ》れむ目で見ている。

「霞、殿の前にまいれ」

「はい」

霞は落ち着いた返事をした。

「お待ちを」

そう言ったのは、録蔵だ。

才田が鋭い目を向け、

「殿の御前である。控えよ、録蔵」

そう言うと、配下の者が前を塞いだ。

録蔵が恨めしそうな目で見上げたが、その横で霞が立ち上がり前に出た。

「霞、待て。お殿様に申し上げます。その刀は、娘ではなくわたくしが鍛えた物でございます」

「だ、黙れ、録蔵」

才田が慌てて言うと、

「才田、まことか」

周防守が問いただした。

「どうなのじゃ！」

周防守の前に片膝をついた才田が、実はかくかくしかじかと、霞が何者かに襲われ、腕に傷を負わされたことを告げた。

話を聞いた周防守は、録蔵を睨んだ。

「この刀は、親子で鍛えたのか」

「さようでございます」

録蔵が答えると、

「ならば、両名ともまいれ」

周防守が命じた。

家来が前を開けたので、録蔵は霞と共に座敷の下に進み、そこで地べたに座ろうとしたのだが、

「そこではない。上がって近う寄れ！」

周防守に怒鳴られて、階段を上がった。

重臣たちがいる廊下を越えて、大名と同じ高さに座るなど、町人である二人にはおそれ多いことだった。

廊下に座り、それ以上は進めずにいると、周防守が真剣を持ったまま立ち上がり、二人の前に立った。そして、刀を二人に向けた。

「南無阿弥陀仏《なむあみだぶつ》、南無阿弥陀仏」

手討ちにされると覚悟した録蔵が手を合わせて念仏を唱《とな》え、霞は目を伏せた。

「録蔵、霞、見事である！」

周防守が言ったので、録蔵は不思議そうな顔をした。

白洲に控えている重国は、顔面蒼白《そうはく》となり、立ち上がった。

「才田様、間違えてはおられませぬか。殿様が今持たれているのは、わたくしめ

の刀ではございませぬか」

「腰物奉行のわしを愚弄《ぐろう》する気か、重国」

「い、いいえ」

「騒がしいぞ、重国！」

周防守に怒鳴られて、重国はひれ伏した。

「ははぁ」

「そちの刀も見事であるが、この親子の物には遠く及ばぬ。下がってよいぞ」

周防守が言うと、金五十両を載せた三方《さんぼう》が置かれた。

「手間賃じゃ。大儀であった」

そう言われては、下がるしかない。

がっくりと肩を落とした重国は、弟子に支えられながら帰っていった。

周防守が霞に目を細める。

「さて、霞」

「はい」

「余はこれまで、このように美しい刀を見たことがない。東照大権現様から下賜された録蔵の太刀も、このように美しい太刀なのか」

「いえ。我が家の宝刀は、長戦《ながいくさ》に耐えるように鍛えられた物ですので、身が厚く、曇り多く、斬れ味は優れておりますが、美しいとは言えませぬ」

「鎧兜《よろいかぶと》をも断《た》ち割るその刀を、大権現様は気に入られたはず。これがまったく違うと申すなら、余の好みに合わせて作ったのか」

どうやら才田は、新見左近の刀を参考にしたとは、告げていないようだった。

正直者の霞は、偶然出会った一人の浪人に刀を見せてもらったことを、隠さずに話した。

「何、浪人者の刀を真似たじゃと！」

「はい」

「その者は、これより優れた太刀を持っておると申すか」

「さようにございます」

周防守は、信じられぬという顔で刀を見た。

「これより優れているとはのう。一度、見てみたいものじゃ。その者はどこの浪人者じゃ」

「家は、浅草あたりかと」

「その者の名は」

「新見左近様です」

浅草に出没する浪人新見左近と聞き、周防守が愕然《がくぜん》とした。

「い、今、なんと申した」

「新見、左近様です」

霞が言いなおすと、周防守が改めて刀身に見入った。

「霞」

「はい」

「この刀、その太刀に少しでも似ているのか」

「いえ、あの輝きは、どうやっても出せませぬ。遠く及ばぬものかと」

「当然じゃ」

周防守の物言いに、江戸家老が首をかしげた。

「殿、その浪人者が持っている刀をご存じなのですか」

訊かれて、周防守はうなずいた。

「余が耳にしている噂が正しければ、おそらくその刀は、天下の宝刀安綱。将軍家正当継承者が持つことを許された、秘蔵の太刀じゃ」

霞が目を見張り、録蔵は愕然とした。

「では、新見様は公方様ですか」

霞が訊くと、周防守はかぶりを振った。

「五代将軍の座を争われた、甲州様じゃ」

「何、甲州様ですと！」

家老たちが驚き、声をあげた。

「甲州様は葵一刀流を修得され、安綱を持たれておる。今でも、正当継承者としての地位を保たれたお方。録蔵、霞。そちたちは、甲州様の太刀を見たのだ。余はうらやましいぞ」

徳川綱豊とは露知《つゆし》らず、しつこく迫ったことを思い出した録蔵は、身震いした。

だが霞は、もう二度と拝めぬと思うと、もう少しじっくり見せてもらえばよかったと言い、悔しがった。

そのような霞の豪胆さが気に入った周防守は、大喜びをして笑った。

「あっぱれじゃ、霞。我が藩の刀匠として、存分に力を振るってくれ」

「そのことでございますが……」

「わかっておる。天草屋のことであろう」

「はい」

「構わぬ。婿と共に藩邸内の屋敷に暮らし、父のところへ通え」

「よろしいのですか」

「当然じゃ。そちたちの技は、我が坂下家の家宝じゃ。これからも、よい刀を作ってくれ」

周防守はそう言うと、上機嫌で奥の部屋に下がった。

駆け寄った才田が、二人の手をにぎり、

「よかった、よかった」

何度も言うと、洟をすすった。

霞は、今になって身体の力が抜けた。

「それにしてもお父様、あのお方が、甲州様だったなんて」

「うむ。ただ者ではないと思うていたが、やはり人というものは、どのような格好をして化けておっても、こころが表に出るのだな。覚えておるか、あの高貴なお顔を。あのお方が公方様であられたら、この世はもっと、暮らしやすうなっていたであろうな」

録蔵は声を潜めて言うと、空を見上げた。

江戸の空は、爽やかな秋晴れが広がっていた。

第四話　日光《にっこう》身代わり旅

一

道端に落ちた栗《くり》の棘《とげ》を踏まぬように足で払いながら、荷物を背負う旅の商人姿の男が、林の中の道を歩んでいた。

先を急いでいるのだが、男はふと、歩みを止めた。止めるなり、あたりに鋭い目を配り、背後の気配に気づくと、荷物に忍ばせていた刀を抜いた。

刀身が短い直刀《ちょくとう》を構えた男は、林の木の上から投げ打たれた手裏剣を弾《はじ》き飛ばし、身軽に横転して次の手裏剣をかわすと、林の中を駆けて逃げた。

だが、鋭く空を切った弓矢が目の前の木に刺さり、二本目の矢が、荷物を貫《つらぬ》いた。

次々と放たれる弓矢をかわしながら、男は林を抜けた。

背を低くして細い道を駆けていた男の前に、黒い陣羽織《じんばおり》を着けた侍が現れ、行く手を塞《ふさ》いだ。

侍の剣気に押されて立ち止まった男は、背中の荷を下ろし、直刀を顔の前で横にして構えた。

応じて刀の鯉口《こいぐち》を切った侍は、黒い塗笠《ぬりがさ》の下から鋭い目を向けた。

男は侍に向かって走り、間合いに飛び込むや地を蹴って跳び、宙返りをした。

侍は抜刀《ばっとう》して刀を振るい、跳び越えて着地した男は、背後の侍を一瞥《いちべつ》した。

にたりと笑みを浮かべ、逃げようと足を一歩踏み出した刹那《せつな》、目を大きく見開き、

「ぐわあっ！」

断末魔《だんまつま》の声をあげると、地面に突っ伏した。

侍が納刀《のうとう》すると、林から忍《しの》び装束《しょうぞく》の者たちが姿を現し、頭《かしら》の前に集まって片《かた》膝《ひざ》をついた。その中の一人が、息絶《いきた》えている男の懐《ふところ》を探り、書状を見つけると侍に渡した。

その場で目を通した侍は、睨《にら》んだ通りの内容に満足すると、前で頭を下げている手下に渡した。

「この書状を殿に届けよ」

受け取った手下は、大事そうに懐に納《おさ》め、さっそく行こうとしたその刹那、投げられた槍《やり》に肩を貫かれ、呻《うめ》き声をあげて倒れた。

「むっ」

いきなりのことに驚いた侍が顔を上げると、膝をついていた手下の中から三人が立ち上がり、見る間に他の手下を斬り倒した。

抜刀した侍は二人を斬り、残る一人と対峙《たいじ》した。その背後で起き上がった侍の手下が、書状を持って逃げ去った。

手下を守って対峙していた侍が、鋭い声を発した。

「貴様、何奴じゃ」

前にいる男は覆面をしているが、目を見て手下ではないことを看破《かんぱ》した。林の中で侍の手下を襲い、密《ひそ》かに入れ替わっていたのだ。

「高萩藩《たかはぎはん》の手の者か、それとも、人斬り《ひとき》鉄斎《てっさい》か」

訊《き》いたが、返答はない。

凄《すさ》まじいまでの殺気に、侍は刀を正眼《せいがん》に構えた。

男は鯉口を切り、静かに抜刀した。下段に構えたのは、手下が持っていた忍びの直刀ではなく、太刀《たち》だった。

侍が懐に飛び込み、袈裟懸《けさが》けに斬り下ろしたが、下から弾き上げられ、返す刀を受ける間もなく手首を傷つけられた。

恐ろしく速い太刀筋に、侍は目を見張った。

だが、己の腕に自信を持っている侍は怯《ひる》まず、ふたたび刀を正眼に構えた。そして得意技を遣《つか》うべく、脇構《わきがま》えに転じた。

右の手首から流れる血を気にもとめずに、

「むんっ！」

必殺の一撃を繰り出した。

横に払った切っ先を、相手が身を転じてかわしたと思った刹那、侍は背中を斬られた。

剣筋を見切った男が、身を転じてかわすと同時に、侍の背中を斬ったのだ。

「お、おのれ」

侍は振り向き、刀を振り上げたが、そのまま刀を落とし、仰向《あおむ》けに倒れた。

絶命した侍を見下ろした男は、覆面を取り、死んだ仲間を一瞥すると、林の中に戻った。

そして反対側の道に出たのは、忍び装束の男ではなく、ぼろの野良着をまとい、薪《たきぎ》を背負った男だ。

男は稲刈《いねか》りが終わった田圃《たんぼ》の道を歩んでいくと、目黒川《めぐろがわ》沿いの道をさかのぼって行き、藪《やぶ》の中に姿を消した。

江戸城曲輪《くるわ》内《うち》の藩邸にいた牧野成貞《まきのなりさだ》は、袴《はかま》の衣擦《きぬず》れが部屋の前で止まるのを聞き、茶を点《た》てる手を止めた。

「殿、木藤良純《きとうよしずみ》の手の者が戻りました」

「入れ」

「はは」

側近の板橋照正《いたばしてるまさ》が中に入ると障子を閉め、膝行《しっこう》して牧野のそばに寄って何ごとかを報告した。

話を聞いた牧野は、途中で止めていた茶を点てなおすと、ゆっくり飲み干し、長い息を吐いた。

齢《よわい》五十近い牧野の顔には、苦悩の日々に耐えた証《あかし》を刻《きざ》む皺《しわ》が目立つ。

最愛の妻であった阿久里《あぐり》を将軍綱吉《つなよし》に取られていたが、今年の夏に大奥から戻されている。

お家のために辛《つら》い思いをしたであろうと思いねぎらったが、阿久里が戻ったのは、世間の噂《うわさ》を気にした綱吉の母の桂昌院《けいしょういん》が、牧野に返すよう命じてのこと。世間の目を欺《あざむ》くためで、以来綱吉は、月に一、二度は屋敷を訪れ、阿久里を抱いて帰るようになっていたのだ。

妻であって妻でない阿久里と暮らす曲輪内の屋敷は、この秋に拝領した物だ。将軍綱吉の下《もと》で順調な出世を遂《と》げている牧野であるが、これも妻を差し出し、側用人《そばようにん》として綱吉にかいがいしく仕《つか》えてきた結果だ。妻阿久里のことはさておき、自分を重用してくれる綱吉に対する牧野の忠節は、誰よりも固いと自負していた。

その牧野が、綱吉暗殺のたくらみがあることを知ったのは、半年前のことだった。諸国に放たれている隠密《おんみつ》がもたらした情報だが、綱吉の身を案じた牧野は、側近の板橋に命じて、独自に探索をしていた。

板橋が苦渋の表情を浮かべているのは、自身が信頼し、剣の腕を買っていた木藤良純が、暗殺をくわだてる者に斬られたからだ。

牧野は板橋が差し出していた書状を受け取り、目を通した。

手にしているのは、将軍の暗殺をくわだてる首謀者《しゅぼうしゃ》の物ではなく、実行する者が首謀者に宛《あ》てた物だった。

　書状を置いた牧野は、険しい顔を前に向けた。

「板橋」

「はは」

「これに書いてある鉄斎が何者か、わかっているのか」

「人斬り鉄斎と言われている、殺し屋でございます」

「この書状は、人斬り鉄斎が上様を斬ることを承諾したと知らせる物じゃ。木藤とその手下の者が斬られたとなると、ただならぬ相手。この書状をどこで手に入れたのだ」

「目黒でございます」

「目黒か。何もない、農村じゃの」

「生きて戻った者に案内させ、一帯を探索させようかと。怪《あや》しい者もそうでない者も徹底して調べ上げ、鉄斎の一味を捜し出してご覧に入れます」

「いや、待て」

　牧野は考える顔をしているが、その目つきは、何やらたくらみを含んでいる。

「今宵《こよい》は折よく、上様と桂昌院様がお越しになられる。わしによい考えがあるゆえ、探索は上様のご指示を待ってからじゃ」

「御意《ぎょい》」

将軍綱吉が母の桂昌院と共に牧野邸を訪れるのは、これが二度目である。阿久里は、牧野と夫婦になる前は桂昌院の侍女《じじょ》をしており、牧野との縁談をすめたのが桂昌院だった。

桂昌院は阿久里のことを気に入っており、大奥から下がらせた今でも時々会いに来るのだが、その本音は牧野にはわからなかった。

将軍親子を屋敷に迎えるのは名誉なことではあるが、綱吉と阿久里と桂昌院の中にいる牧野は、肩身が狭い思いをするのである。

だが、今日は違っていた。

二人が来るのを待ちわびていた牧野は、書院の間に通すなり平身低頭《へいしんていとう》して、暗殺のくわだてがあることを告げた。

綱吉は顔色を変えずに黙っている。

いっぽうで桂昌院は驚き慌《あわ》て、牧野に身を乗り出して問う。

「上様のお命を狙うのが何者か、わかっておるのか」

「まだ、つかめておりませぬ」

「まさか、甲府の綱豊殿ではあるまいな」

心配する桂昌院に、綱吉が顔を向けた。

「母上、それはございますまい。わたしが死ねば、綱豊は将軍にならねばなりませぬからな」

「綱豊殿にその気がなくとも、家臣は望んでいるはず。密かに動く者がおるのやもしれませぬ」

「そこで、一計を案じたのでございますが」

牧野が、綱吉ではなく桂昌院を見て言った。

「来年の四月に予定されております上様の日光社参《にっこうしゃさん》を、来月十七日の月命日《つきめいにち》に早め、甲州様に代参《だいさん》をお命じになられてはいかがかと」

これには、桂昌院が憤慨した。

「そのようなことをすれば、綱豊殿を上様の世継ぎに定めたと、天下に示すことになるではないか」

「いえ、なりませぬ」

「何ゆえじゃ」

「あくまでも、上様が社参されることとすれば、問題はないかと」

「……綱豊殿を、身代わりにすると申すか」

「はい。道中で刺客が襲わなければ、上様暗殺は甲州様が絡んでいることを知らしめ、襲ってくれば来たで、甲州様が退治してくだされましょう」

牧野はその先を告げなかったが、桂昌院は悟《さと》ったようにうなずいた。

綱吉が不機嫌な顔をした。

「余《よ》は気に入らぬぞ、成貞。日光社参は、東照神君《とうしょうしんくん》様の命日にするものであろう」

「いえ、台徳院《たいとくいん》（秀忠《ひでただ》）様、大猷院《たいゆういん》（家光《いえみつ》）様は、秋や冬に社参されたことがございます。しかも、こたびは甲州様がまいられるのです。上様は、通例どおり、四月十七日のご命日に社参されればよろしいかと」

「社参には莫大な費用が必要じゃ。大老と老中どもが許すとは思えぬ」

「こたびは、規模を縮小すればよろしいかと。大名の供をさせずに、お忍びで行くことにすれば、異《い》を唱《とな》える者はおりますまい」

「上様がそう申せば、誰も反対はしませぬ」

桂昌院に言われて、綱吉は承諾した。

「ただし、綱豊が死ぬようなことがあってはならぬぞ。余が身代わりをさせたことが明るみに出れば、それこそ、将軍家の名が地に墜《お》ちる」

「あくまでお忍びでございますので、万が一のことがあっても、どうとでも隠せまする」

牧野がそう言うと、綱吉が睨んだ。

「まさか、綱豊が命を落とせばよいと思うてはおるまいな」

牧野は返答をしなかった。かわって言葉を発したのは、桂昌院である。

「そうなれば、家光公直系の血族は上様のみとなり、お世継ぎができれば、天下は揺るぎなきものになりましょうぞ」

過激な言葉に綱吉は驚き、桂昌院と牧野を交互に見た。

「成貞、そちははなから、綱豊を亡き者にしようとたくらんで申したのか」

「いえ、上様をお守りしたい一心からにございます。さらには、謀反人《むほんにん》を炙《あぶ》り出すため」

「うむ、ようわかった。このことは成貞、そちにすべてまかせる。大老と老中どもにも、そちから申し伝えよ」

「ははあ」

「余は疲れた、しばし休むぞ。母上、先にお帰りください」

そう言って綱吉は奥の部屋へ向かった。阿久里に会いに行ったのである。

平身低頭して送り出す牧野に、桂昌院が声をかけた。

「成貞殿」

「はは」

「悪いようにはいたしませぬ。これからも、上様のために尽くすよう頼みますよ」

牧野は膝を転じて、桂昌院に頭を下げた。

綱吉が牧野邸を出たのは、二刻（約四時間）ほどが過ぎた頃だった。

式台まで見送りした牧野は、阿久里と並び、去ってゆく綱吉の乗物に頭を下げている。

乗物が門を出て扉が閉められると、阿久里は立ち上がり、打掛《うちかけ》の裾《すそ》が牧野に当たるのも構わずに背を返すと、奥座敷へ向かった。

牧野は何ごともなかったように立ち上がると、側近と共に自室に入った。

「板橋」

「はは」

「人斬り鉄斎が綱豊公を斬れば、上様の行く末は安泰《あんたい》。じゃが、牧野家は、わし一代限りにしたい」

牧野の心中を察してか、板橋は畳に目を下げたまま黙っていた。

二

柳沢保明《やなぎさわやすあき》が新見左近を訪ねてきたのは、十月に入ってしばらくしてのことである。

今や牧野に劣《おと》らず綱吉に寵愛《ちようあい》されている柳沢は、老中たちにも一目置かれる存在となり、江戸城内で力を増しつつあった。

その柳沢が、供も連れずに根津の藩邸を訪れ、

「急なことゆえ、ご無礼つかまつる。まずは、お人払いを」

などと言い、左近が家臣たちを下がらせると、書状を取り出した。

将軍綱吉からの、日光代参の命である。

「出立《しゆつたつ》は、明後日。あくまで上様のかわりでございますので、甲州様お一人で、城にお入りください」

「つまり、影武者をせよと」

「はい」

「上様は、いかがなされたのだ」

「急な病《やまい》にございます」

「病ならば、日延《ひの》べされるのではないのか」

「そう申し上げたのですが、甲州様にかわりを頼みたいとの仰《おお》せにございます」

「柳沢殿」

「はは」

「何があったのだ」

左近は柳沢の心中を探ろうとしたが、柳沢が顔に出すはずもなく、

「急な病にございます」

としか言わず、頭を下げた。

徳川家康の月命日に間に合わせるためには、明後日には城を出なければならない。

左近に考える暇《いとま》はなかった。

書状には、徳川将軍家のために代参をするようにと、綱吉が書いている。

何か裏があると勘が働いていたが、

「承知つかまつった」

左近が返答すると、柳沢は鋭い目を上げた。

その目は、命の危険があることを、左近に告げている。

「こたびはあくまでお忍びでございますので、行列の規模も小さく、同道する者は百名足らず。ただ宿泊先はこれまで定められたとおり、岩槻城《いわつきじょう》、古河城《こがじょう》、宇《う》都宮城《つのみやじょう》の順にお泊まりいただき、四日目に日光到着でございます」

「うむ。楽しみにしておこう」

「では、明後日の早朝に、お迎えに上がります」

柳沢はそう言うと、早々に部屋をあとにした。

すぐに入ってきた家老が、何ごとかという顔で問うてきた。

「まさか殿、上様暗殺の噂のことで、疑いをかけられたのでござるか」

柳沢は隠そうとしていたが、隠密がつかんでいた将軍暗殺のくわだては、甲府徳川家にも聞こえていた。

江戸城内外で、噂を流した者がいるのだ。

脅《おど》しか本気か、たくらみをもって流されたこの情報で、将軍家をはじめ、公儀の重臣たちがきりきりしているのは、伝わってきている。

そんな中で日光社参がおこなわれ、代参を命じるのは、公儀の誰かが、暗殺の首謀者を甲府徳川家と睨んでいるからであろう。

牧野の思惑など知る由《よし》もない左近は、柳沢と話しながらも、そう考えていた。

左近は、家老をはじめ重臣たちに影武者のことを言えば騒ぎになると考え、柳沢が持ってきた書状のことは黙っておいた。

いぶかしげな顔をする家臣たちに、左近は言った。

「今月の月命日に、上様がお忍びで日光へ社参される。それゆえ、留守を頼まれた」

「江戸城の留守をでございますか」

目を見開いた家老に、左近はうなずいた。

「明後日《あさって》より、余は一人で江戸城へまいることとなった。上様が戻られるまで城に泊まるが、あとのことは頼む」

左近が屋敷を空けるのは、いつものこと。

家老たちはむしろ、城なら安心だと言い、ほっとしているのである。

「皆、このことは内密ゆえ、他言は無用だ。よいな」

左近はそう言うと、廊下に控えている藩士の雨宮真之丞《あめみやしんのじよう》に、吉田小五郎を呼ぶよう命じた。

かつての鳴海《なるみ》屋事件で左近を狙う刺客を倒した雨宮は、左近に認められて甲府藩士になった若者であるが、今では板についた藩士ぶりで、藩邸の者たちからも一目置かれている。

先日は家老の口添えもあって、俸給《ほうきゅう》を上げたばかりだ。

左近はいずれ、この者を重用するつもりでいる。

その雨宮の知らせにより、小五郎がかえでと共に藩邸に戻ったのは、夜も更《ふ》けた頃だった。

左近は自室に二人を入れると戸を閉めさせ、影武者のことを告げた。

すると、小五郎が表情を険しくした。

「将軍の行列が百名足らずとは妙です。これは罠《わな》ではございませぬか」

「うむ。だが行かねばならぬ。はて、鬼が出るか蛇《じゃ》が出るか」

「殿、お戯《たわむ》れを」

「頼りはおぬしたち二人だけだ。余に同行し、首謀者を突き止める手助けをしてくれ」

「かしこまりました」

小五郎が頭を下げる横で、かえでが首をかしげている。

「かえで、いかがした」

「はい。今の話をお聞きして、思い出したことがあります」

「うむ？」

「店の客に、目黒から来たという百姓たちがいたのですが、目黒村の林で大きな斬り合いがあったと噂しておりました」

「その客は、わざわざ目黒から来たのか」

「浅草の親戚を訪ねてきたらしく、店で酒を飲みながら話していたのを聞いたのです」

「その斬り合いと、こたびのことに繋《つな》がりがあるのか」

「斬られたのは、忍びのようだと申しておりました」

「公儀の者でしょうか」

小五郎に言われて、左近は考えた。

「斬られた忍びが公儀の者であれば、上様の暗殺をくわだてる者の正体をつかもうとして、殺されたのかもしれぬ」

「刺客の探索に失敗したので、上様は、殿に身代わりを頼んできたのでしょうか」

「わからぬが、幕閣の中には、おれを目障《めざわ》りに思う者が未《いま》だおるはずだ。上様のかわりに殺されれば儲《もう》けものだとでも思うておるのだろう」

「上様ご自身が望まれているということですか」

「それはわからぬ。将軍の取り巻きには、魑魅魍魎《ちみもうりょう》が集まっておるからな。その者たちの入れ知恵かもしれぬ」

「殿、日光行きは、断れぬのですか」

「断るつもりはない。将軍の命を狙い、泰平の世を揺るがさんとする輩《やから》を許すことはできぬ」

「お言葉ですが殿、上様と狩りに行かれた時のことをお忘れですか。刺客が雇われた者であれば、首謀者を捜し出すのは難しいかと」

「これは初めから、殿のお命を狙う者のたくらみかもしれませぬ」

小五郎とかえでに忠告されたが、左近の気持ちは変わらなかった。

「出立は明後日だ。両名とも支度にかかれ」

「殿……」

「小五郎、かえで。命を狙う者がいる限り、ひとつひとつ潰さねば終わりは来ない。逃げていたのでは、敵の姿は見えぬのだ。噂を流した者が、まことに上様の命を狙うのであれば、天下泰平のためにも、早急に突き止めねばならぬ」

左近が言うと、小五郎とかえでは頭を下げた。

「かえで、お琴に、しばらく行けぬと伝えてくれ」

「かしこまりました」

かえでは、左近がお琴に気を使ったことが嬉しいのか、笑みで応じると、小五郎に続いて庭に駆け出て、身軽に塀を越えていった。

三

牧野から日光社参のことを知らされた幕閣は、黙っていなかった。

特に大老堀田筑前守《ほったちくぜんのかみ》は、綱吉も未だ社参しておらぬ日光に、身代わりとはいえ、先に左近を行かせることは我慢ならぬと言って猛反対した。

「これは上様と桂昌院様のご意思にございますが、ご大老様、ご老中様方は、従えぬとおっしゃいますか」

綱吉から信頼を得ている牧野が問うように言うと、堀田をはじめその場にいた幕閣たちは、口を閉じるしかなかった。

だが大老堀田筑前守は、この時すでに、別なかたちで綱吉の命を守ろうとしていた。

牧野は町奉行と公儀隠密を動かし、将軍暗殺のくわだてを探らせていたのだが、堀田の手の者も、人斬り鉄斎の存在を突き止めていたのだ。

本丸の控えの間にいる大老の堀田に、目黒村の探索をはじめたという知らせが届いたのは、左近が日光に旅立つ前日のことだった。

「怪しい者は徹底的に調べさせよ」

左近を身代わりに立てることに納得がいかぬ堀田は、不機嫌極まりない様子で厳命した。

牧野のくわだてを知らぬ堀田は、左近ならば、刺客を倒すだけでなく、将軍の暗殺を謀《はか》る黒幕を暴《あば》くと見ているのだ。

綱吉よりも諸大名に人気がある左近が手柄をあげれば、正当継承者に推《お》す声がますます高くなる恐れがある。そうさせぬために、なんとしても刺客を己の差配で捕らえたかったのだ。

幕閣の者たちが目を向けている目黒村では、一人の百姓男が役人を睨み上げていた。

「こちとら坂東武者《ばんどうむしゃ》だ。大坂夏の陣では活躍したもんだ。おいらがやったと思うなら上等だ、どっからでもかかってきやがれ」

朝早く家に来た役人にそう息巻いたのは、目黒村の朝助《あさすけ》だ。

薄汚い野良着の上にぼろをまとった寝起き姿で言う朝助に、町から来た役人は厳しい目を向けたが、地元の村役人は呆《あき》れ顔である。

「これ朝助、それは爺様のことであろうが。お前は百姓ではないか」

「おう、鍬《くわ》をにぎらせたら誰にも負けねぇが、先祖は確かに坂東武者だ」

「たわけ！」

とうとう村役人が怒鳴ると、朝助はびくりとして目をつむった。

「この方々《かたがた》はな、お前の戯言《たわごと》を聞きに来られたのではない。林の向こうで斬り合《お》うて死んだ者の中に、顔見知りがおったかと、尋ねておられるのだ」

「さよう、真面目に答えぬと、女房ともども我らと来てもらうことになるぞ」

町から来た役人が言うと、女房が慌てた。

「ちゃんとお答えしないかい、この薄ら馬鹿！」

女房に叱《しか》られて、朝助は首を縮めた。

「どうなのだ、朝助。お前が林から出てくるのを見た者がおるのだ。斬り合いを見たのであろう」

「へ、へい。見ました」

「やはり見たのではないか。なぜ正直に言わぬ」

するると朝助は、頭をぺこりと下げて囲炉裏《いろり》がある座敷へ上がり、火箸《ひばし》で灰を探ると、きらりと光る小判を出して、神妙な顔で差し出した。

「貴様、死体から盗んだのか」

役人に責められ、

「とと、とんでもねぇ。道に落ちてたんで」

朝助は、盗んだんじゃないと言って、膝をついて手を合わせた。

「まあよい。正直に申せば、見逃してやる」

「へへぇ、なんでもお答えします」

「斬り合いを見たのか、見ないのか」

「見ました」

すると役人が、顔を見合わせた。

「して、その中に知った顔があったか」

「それはつまり、この村の者が、斬り合ったとお思いで」

「殺された者は、村から出た者を追っていて殺されたのだ。村に下手人《げしゅにん》がいると思うのは当然じゃ」

村役人に言われて、朝助はばつが悪そうな顔で笑い、ふたたびぺこりと頭を下げた。

「まさか、お前が斬ったのではあるまいな」

村役人が言うと、朝助が手をひらひらとやった。

「と、とんでもねえ」

「では、確かめてみようか」

町から来た役人が言い、家の中を見回したかと思うと、

「えいっ！」

馬の鞭《むち》を振るい、朝助を襲った。

逃げる間もなく頭を打たれた朝助は、白目をむいてひっくり返った。

「お前さん！」

思わぬ事態に女房が飛びつき、朝助の肩を揺すった。

「痛《い》ててててぇ」

大きなこぶができたと嘆《なげ》きながら朝助が起き上がると、町の役人は蔑《さげす》んだ目を

向けた。

「どうやら、下手人はお前ではなさそうだな」

「じょじょ、冗談はよしてくださいよ。あっしは鍬しか持ったことがねぇんですから」

「まあ怒るな。お前が坂東武者だと申すから、確かめたのだ」

身から出た錆《さび》だと言われて、朝助はまたぺこりと頭を下げた。

「朝助、斬り合いで生き残った者は、見たのであろうな」

村役人に訊かれて、朝助は顔を向けた。

「へ、へい」

「して、どこへ逃げた」

「それが、おいらがいた林のほうへ来ましたので、慌てて隠れたんで」

「この村に逃げ込んだのか」

「いえ、林の中を歩いて、馬引沢村《うまひきざわむら》のほうへ行きやした」

「嘘《うそ》ではあるまいな」

「嘘じゃあ、ございやせん」

「よし、馬引沢村まで行こう」

役人たちはそう言うと、小判は預かると言って出ていった。

朝助は馬に乗って帰る役人たちを見送ると、家に戻り女房に目配せした。

女房がうなずくと、朝助は戸を閉めて、外から開けられぬよう心張《しんば》り棒《ぼう》をかった。

囲炉裏のある部屋のひとつ奥の部屋に入った女房は、床板をはずし、下に声をかけた。

「もう大丈夫だよ」

すると床下の隠し部屋から、一人の侍が出てきた。

五十代の侍は、無紋《むもん》の羽織を着けているが、着物も袴も上等な生地《きじ》の物で、明らかに浪人ではない。

高萩藩江戸家老の、古井実一《こいさねいち》がよこした使いの者だった。

人が来ても目につかぬよう、納戸《なんど》に座した侍は、改めて書状を手渡した。

花押《かおう》も記されていない書状に目を通した朝助は、侍に鋭い目を向けた。

その殺気に満ちた目は、先ほど役人を相手にとぼけていた百姓男のものではなく、何十人もの末期《まつご》の顔を見てきた、殺し屋のものだ。

「綱吉が予定通り日光に行くというのは、確かか」

問う朝助は、口調も百姓のものではなくなっていたが、正体を知っている侍は、気にする様子もなく答えた。

「間違いない。明日、出立する」

「例の書状を持ち去られ、役人が嗅《か》ぎ回っているのだぞ。罠ではないのか」

「暗殺を恐れて社参をやめれば、将軍家の名が廃《すた》る。綱吉は、必ず出てくる」

「我らは綱吉の顔を知らぬのだ。念のため、本人かどうか確かめられる者をよこせ」

「我が藩で綱吉の顔を見た者は、殿しかおられぬ」

「では、殿様に来てもらおうか」

「それはできぬ。殿は、このくわだてをご存じではないのだ」

「幼《おさな》い殿様の恨《うら》みを晴らすために、家老が勝手にしていると言うのか」

「さよう」

「ふん、話にならんな。今回はやめておこう」

「待て、この機を逃せば、次はいつになるかわからぬぞ」

将軍がお忍びで牧野邸におもむくことを知らぬ使者は、必死に説得した。

「綱吉を憎むのは、我らだけではない。幕閣の中にも、綱吉を引きずり下ろしたい者はおる。甲州様こそ、正当な将軍継承者だと思うておるのは、我が殿だけではないのだ」

「千代田《ちよだ》の城にいるお偉方からの命だと言うのか」

「さよう」

「そいつの名は」

「聞いてどうする」

侍が探る目を向けたので、朝助は鼻で笑ってみせた。

「まあいいだろう。信用してやる」

「では、日光で綱吉を斬るか」

「場所はこちらで決める。あんたたちは、首を待っていな。ただし、乗物に乗る者が綱吉でなくとも、約束の金はいただく」

朝助が言うと、侍はうなずいた。

そして、背に袈裟懸けにしていた荷をはずし、袋ごと渡した。

「約束の金の前金として、五百両ある。残りは、綱吉の首と引き換えだ」

「自分の首がたったの千両と知れば、綱吉も嘆くであろうな」

「我らを貧乏にしたのは綱吉だ。千両でも高い」

「綱吉が死ねば、石高は元の二十二万石に戻るのか」

「当然だ」

「しかし、お家騒動の罰を受けて七万石に減らされたのだろう。将軍が代わっても、戻りはすまい」

「いや、戻る。そもそも、先の将軍家綱《いえつな》公の時に、我が藩の処分は決していたのだ。それを綱吉め、さようせい様と陰口をたたかれていた家綱公の代に失墜《しっつい》した将軍家の権威を取り戻すために、裁定をやりなおしたのだ。見せしめにされたのは我が藩だけではない、他にもある」

使者の侍はそう息巻いたが、朝助にはどうでもいいことだ。

退屈そうに聞き流されていることに気づいた侍は、綱吉の悪口を止めた。

「とにかく、なんとしても首を取ってくれ。あのような者を将軍にしておくと、いずれ民も苦しめられると、ご家老は仰せなのだ」

「で、行列の規模は」

「百名ほどと聞いた。できるか」

あくびをした朝助は、

「この人斬り鉄斎に狙われて生き延びた者は、一人もおらん。家老にそう言っておけ」

そう言うと、囲炉裏の火で炙っていた山鳥《やまどり》の足にかぶりつき、睨むようにして、侍にもすすめた。

獣《けもの》を思わせる朝助の表情に恐怖を感じた侍は、すすめられるまま受け取り、鳥の肉を口にした。

そしてこの日の夜、女房を残して家を出た朝助は、月も星も見えぬ暗闇の道を明かりも持たずに歩み、日光へ旅立った。

手にはいっさいの武器を持っていない。というのも、盗賊が拠点にする盗人宿《ぬすびとやど》ならぬ、殺し屋稼業の拠点を、江戸のそこかしこに持っているのだ。

その拠点たる宿には、常に三人の配下が棲《す》み暮らし、道具を守っている。

殺しの仕事が入れば、近くの宿に立ち寄り、装備を整えて仕事にかかるのだ。

この夜、朝助こと人斬り鉄斎が向かったのは、駒込《こまごめ》にある吉祥《きつしよう》寺《じ》門前の笠屋だ。

若い夫婦が商売をするこの店は、宿のひとつ。

鉄斎が到着した時には、奥の部屋で三人の手下が待っていた。

「鉄斎様、支度は万端整うております」

「うむ。これはお前らの取り分だ」

鉄斎は配下の男に五百両の金を渡した。綱吉を殺したあとに受け取る五百両が、鉄斎の物となる。

小判を受け取る男に鉄斎が言った。

「玄内《げんない》」

「はい」

「綱吉は明日、日光へ旅立つ」

「では、襲撃は日光で」

「場所は決めておらぬが、この機を逃す手はない。我らもあとを追う。皆にそう伝えい」

「かしこまりました」

「ひとつ、気になることがある」

「なんです」

「綱吉の行列は百名足らず。これをどう見る」

玄内と呼ばれた中年の男は、鉄斎の軍師とも言える知恵者。その知恵者の顔が、にわかに曇った。

「妙ですな。歴代の将軍が日光に社参した時は、御三家《ごさんけ》、譜代《ふだい》大名、旗本が同道し、その行列の長さは数里に及んだほど。百名足らずとは、腑《ふ》に落ちませぬ」

「では、やはり罠か」

「動くのは、様子を確かめてからのほうがよろしいかと」

「どうやって確かめる」

「乗物に乗る者が偽者《にせもの》ならば、道中と東照宮《とうしょうぐう》の世話役に隙《すき》が生じるはず。これを見極めるのです」

「なるほど、では、行列から目を離すな」

「おまかせを」

行動に出る配下の者を送り出した鉄斎は、笠屋の女房が出した酒肴《しゅこう》をとると、一休みして、朝暗いうちに日光へ向かった。

四

左近の乗物が江戸城大手門《おおてもん》を出たのは、翌朝の五つ頃(午前八時頃)だった。

露払《つゆはら》いを先頭に、百余名の行列は曲輪を出ると、駒込追分《こまごめおいわけ》から日光御成道《にっこうおなりみち》に入った。

騎馬が十騎、弓、鉄砲、槍を持った先手組《さきてぐみ》が五十名以上、挟箱《はさみばこ》などの荷物持ちに、羽織を着け袴の股立《ももだ》ちを取った徒《かち》の者が乗物に付き添い、周りを固めている。

人数は少ないが町中を進む姿には一分の隙もなく、人々は両脇に寄って地べたに座ると、将軍の行列に平伏《へいふく》した。

「こいつは骨が折れそうだ」

行列が江戸城を出た時から見張っていた玄内は、乗物を守る侍たちの顔つきを見て、まともにかかったのでは勝てぬと見抜いた。

相手が手強ければ手強いほど、鉄斎は喜ぶ。

そのことを知っている玄内は、にたりと笑みを浮かべ、

「あとは、本物か偽者か。その見極めが大事じゃ」

手下の男に言うと、入れ替わりつつ行列を追った。

左近を乗せた乗物は、漆塗《うるしぬ》りの屋根に金の葵《あおい》の御紋《ごもん》が入っており、担《かつ》ぎ手《て》は前後で六人もいる壮麗《そうれい》な物だ。

江戸を抜けた行列は、見渡す限りの田圃や麦畑が広がる平野を進み、初日の宿泊先である岩槻城に入った。

六尺棒《ろくしやくぼう》を持った門番が平伏し、城内では裃《かみしも》を着けた藩士たちが道の端に座り、平伏している。

粛々《しゆくしゆく》と進む行列は本丸御殿の前で止まり、左近を乗せた乗物だけが玄関の式台に横付けした。

乗物から降りる左近を出迎える者は少なく、城代《じようだい》と藩の重臣のみ。世話をする侍女も重臣の親族の者が務めるなど、身代わりがばれぬように配慮が行き届いていた。

牧野の手配は徹底しており、二泊目、三泊目の城でも、左近の顔を見る者は少なかった。

各城から助っ人が出されるわけでもなく、行列は江戸城を出た時と同じ人数のまま、四日目に日光に入った。

徳川家康から三代にわたって仕えた松平正綱《まつだいらまさつな》侯が寄進《きしん》した杉並木が、長旅を終えた者を迎える。

だが、乗物の中にいる左近は、これを見ることはできなかった。

延々と続くのではないかと思うほど杉並木は長く、乗物を守る者たちは、不意の襲撃に備えて緊張し、風情《ふぜい》を楽しむ余裕などない。

一騎が行列から駆け抜けて、杉の陰に潜《ひそ》む者がいないか確かめに行った。

その様子を、遠くからうかがう目があった。

先に日光へ入っていた、人斬り鉄斎だ。

山の麓《ふもと》の百姓家の中から見ていた鉄斎の後ろでは、家の者が昼餉《ひるげ》の支度をしていた。

気配を察して目を向けると、二人の僧が百姓家の表に立ち、托鉢《たくはつ》をはじめた。

家の者が少しばかりの米を渡すと、その手に何かを渡し、東照宮のほうへ立ち去ってゆく。

戻った家の者から結《むす》び文《ぶみ》を渡された鉄斎は、一読すると、囲炉裏の火に燃やした。

鉄斎は、懐から出した五両の小判を家の者の前に置き、

「世話になった」

そう言うと、家をあとにした。

東照宮の御殿に入った左近は、ここで一泊し、月命日である明日、参詣《さんけい》する。

ここまで行列を導いてきたのは、綱吉の側近、柳沢保明である。

桂昌院は同行に反対したが、柳沢は綱吉を承諾させていた。それは左近の命を守るというよりも、手を組み、暗殺の首謀者を見つけ出すためである。

その柳沢が、左近が休む部屋を訪れた。

「道中、狭い駕籠《かご》に押し込められて、難儀をされました。いよいよ明日は参詣です。警固《けいご》は万全ですので、どうぞごゆるりとお参りください」

「うむ」

侍女たちが夕餉を運び込むと、柳沢は下がった。

侍女の給仕を受けて夕餉をすませた左近は、入浴で旅の疲れを癒《い》やすと、寝所に入った。すぐには眠らず、布団のそばに座ると、人払いをした。

そして天井に目を向け、

「下りてこい」

左近が声をかけるや、板をずらして小五郎が顔をのぞかせた。

小五郎は身軽に下りてくると、左近の前で片膝をついた。

「柳沢殿が敷かれた警固はそうそう潜《くぐ》れまいが、万にひとつでも、東照宮を血で汚《けが》すようなことがあってはならん。周囲の警戒を怠《おこた》るな」

「かしこまりました」

「小五郎」

「はい」

「そちなら、余をどこで襲う」

左近に言われて、小五郎は考えた。

「東照宮は警固が厳重ですので、帰りを狙います。街道は峠《とうげ》などの難所がございませんので、林の中を抜ける小道か、橋の上で仕掛けます」

「逃げ道がない場所で来るか」

「はい」

「柳沢殿は、生かして捕らえたいと申した」

「乱戦になれば、難しいのではないでしょうか」

「上様の命を狙う首謀者を突き止めるためには、手がかりを失うわけにはいかぬ。逃げ出した者は、抜かりなくあとを追え」

「はは」

小五郎は頭を下げると、天井裏に跳び上がり、去っていった。

翌朝、夜が明けぬうちに支度をすませた左近は、薄暗い参道を歩み、東照宮へ向かった。

ゆるやかな参道を歩むうちに日がのぼりはじめ、霧《きり》の中に杉の大木が浮かび上がる光景は、神秘的であった。

杉の大木のあいだにある石鳥居《いしどりい》を潜ると、表門から入り、三猿《さんざる》で名が知られた神厩舎《しんきゆうしや》の前を通って御水舎《おみずや》に行き、手と口を清めた。

日ノ本《ひのもと》一、美しい門と言われる陽明門《ようめいもん》は、左近を驚かせた。聖人賢人など、五百以上の彫刻《ちようこく》が施《ほどこ》された門は色も鮮《あざ》やかで、見る者を魅了《みりよう》する。

続いて唐門《からもん》を潜り、御本社《ごほんしや》に上がった左近は、将軍の名代《みようだい》ゆえに将軍着座の間には入らず、正面に用意された場所で参詣した。

御本社の右にある坂下門《さかしたもん》から長い階段を上がり、東照大権現が眠る奥宮宝塔《おくみやほうとう》に参るため、拝殿《はいでん》の前に立った。

急な階段を上がってきたのだが、警固の者が杉林の中に目を光らせ、先ほどまで左近がいた御本社がある境内《けいだい》からは、曲者《くせもの》を寄せつけぬようにするため、頭《かしら》が号令する大声が響いてくる。

葵の御紋が入れられた大紋《だいもん》で礼装している左近は、将軍にかわって拝殿で世の平和を願うと、日光社参の儀式を終えた。

甲府藩主徳川綱豊としての参詣ではないため、左近は宝物《ほうもつ》を納めなかった。

綱吉に遠慮したのだ。

宿舎に戻った左近のもとに、柳沢が来た。

「いよいよ明日は、江戸に向けて旅立ちます。刺客は、三日のうちに必ず仕掛けてきましょう。念のため、騎馬侍に扮《ふん》されてはどうかと、相談に上がりました」

「いや、今日まで何も仕掛けてこないところを見ると、敵は用心深い。どこで見ておるかわからぬゆえ、最後まで将軍として振る舞おう。柳沢殿の家来衆は、皆優秀と見た。安心して、旅を楽しむことにする」

「御意」

「余が討たれれば、上様はますます警戒を強められ、政《まつりごと》に差し障《さわ》ることになりかねぬ。そうならぬためにも、生きて江戸に戻らねばな」

「この保明が、必ずお守りいたします」

柳沢はそう言うと、立ち去った。

左近が天井に目を向けると、小五郎が下りてきた。

「社参の最中に、怪しい者はいたか」

「いえ。東照宮の周囲を探ってみましたが、怪しい人影はございませんでした」

「ではやはり、帰りを待っているな」

「先発して、刺客の探索をいたします」

「うむ」

「では、これにて」

小五郎は頭を下げ、天井に戻った。


左近を乗せた乗物が宿舎の御殿を出たのは、翌朝の五つ頃（午前八時頃）だ。ここまで雨に降られることもなく、行列が街道に出る頃には、爽《さわ》やかな空が広がっていた。

左近の行列は、復路一日目の宿となる宇都宮城を目指していたのだが、左側が川、右側には山の斜面が迫る、民家のない狭い道に差しかかった。

川の流れは速く、河原も見渡せ、人が潜む場はない。馬上の柳沢は鋭い目を山の斜面に向け、曲者が潜んでいないか警戒した。

日光街道の中では、このような場所はいくつもあるのだが、柳沢の勘が山の斜面を怪しんでいたのだ。

その反対側の川を、一艘《そう》の舟がくだってきた。

米俵か炭俵と思《おぼ》しき荷を積んでいる。

編笠《あみがさ》を被《かぶ》った船頭が棹《さお》で巧《たく》みに舟を操《あやつ》り、川下へ行き過ぎようとしていた時、山から鳥が飛び立った。

「者ども、気を抜くな！」

前をゆく騎馬侍が、足軽《あしがる》たちに声を発したその刹那、唸《うな》りを上げて飛んできた弓矢がその首を貫いた。

侍が馬上で突っ伏すのを見た柳沢が、

「敵襲じゃ！」

怒鳴るや、川の方角から飛んできた弓矢を、馬の鞭で弾き飛ばした。

荷船の荷物に隠れていた人足姿《にんそくすがた》の男が、次の矢を素早く番《つが》え、弓を引いて狙いを定めて放った。

弓矢は、鉄砲の準備をしていた足軽の胸を貫いた。

「弓組、何をしておる！」

柳沢が怒鳴ると、十名の弓隊が弓矢を放った。

矢は舟の荷に突き刺さり、そのうちの一本に射抜《いぬ》かれた船頭が、悲鳴をあげて川に落ちた。

船頭と棹を失った舟は、流れにまかせて川をくだりはじめ、矢を放った人足姿の男は、なす術《すべ》もなく遠ざかっていった。

行列は、それには目もくれずに走り出していた。

ここを襲撃の場と悟った柳沢の号令で、援軍を頼める宇都宮城に急いだのだ。

「山に潜む者に警戒せよ。乗物をお守りいたせ！」

抜刀した徒《かち》たちが、山側に回って左近の乗物を守った。

川の対岸では、この徒たちの動きを見て、にやりと笑みを浮かべる者がいる。

草色の布を頭から被り、川の土手に伏せて火縄銃《ひなわじゅう》を構えた男は、狙いを左近の乗物に定めると、引き金に指をかけた。

今まさに引こうとしたその時、目の前に導火線に火がついた火薬玉が転がってきたのを見て、目を見張った。

川の対岸で起きた爆発に、行列の者たちは目もくれずに走っている。

それを横目に、かえでが川のほとりを走った。

かえでに狙撃を阻《はば》まれた鉄砲の射手《しゃしゅ》は、顔を火薬玉に潰され、黒目を上に向けて絶命している。

行列は田圃が開けた道に向かって走ったのだが、山の麓の竹藪《たけやぶ》の中で待ち伏せする者たちがいた。

その者たちは頃合いを見て一斉に立ち上がり、竹を切り倒して道を塞いだ。

行く手を塞がれた左近の行列は、柳沢の号令で止まり、東照宮へ引き返そうときびすを返した。

狭い道で方向転換しようとした乗物めがけて、矢が放たれた。

担ぎ手が腕や足を射抜かれ、たまらず乗物を地に下ろした。

それを見るや、竹藪から十数名の曲者が身を起こし、抜刀して斬りかかってきた。

「怯むな、斬れ！　斬れ！」

馬上の侍が命じると、徒たちが応戦した。

先頭の者がぶつかり、徒を斬り倒しながら前に進んでくる。たちまち乱戦となったが、敵の剣の腕が勝《まさ》り、押されはじめた。

竹藪から弓を持った敵が来るのを見て、柳沢が鉄砲隊に応戦を命じた。

発砲の轟音《ごうおん》が響き、矢を放とうとした敵が撃たれて倒れたが、一人の男が槍を振るって突撃し、弾を込めようと急ぐ鉄砲隊の者たちを次々と倒した。

その強さに驚いた柳沢は、

「退《ひ》け！　退け退け！」

号令すると、馬を転じて逃げようとしたのだが、山の斜面から十数名の敵が駆け下りてきた。

挟み撃ちにされて、左近の行列は逃げ場を失った。

刀の切っ先を向けてじりじりと迫る敵に、柳沢は屈辱《くつじょく》の目を向けた。

「甲州様、もはやこれまで」

そう言うと、徒の一人が乗物の戸を開けた。

中にいた左近は安綱をにぎって外に出ると、藤色の袷《あわせ》の帯に落とした。

「将軍ではないぞ！」

誰かが叫ぶと、浪人姿の左近を見て、曲者たちに動揺が走っている。

戸惑う手下たちだが、警固の徒や足軽たちを次々に斬り倒し、左近に迫った。

馬上の柳沢は槍を振るい、気合声を発して敵の胸を突き、あるいは首を刎《は》ねて奮戦している。

馬の足を斬られて落馬すると、敵が押し寄せたが、その敵の前で火薬玉が破裂した。

窮地《きゅうち》に陥《おちい》った柳沢を助けたのは、小五郎だった。

小五郎は、柳沢の腕をつかんで立ち上がらせると、左近のところへ連れていった。

気づけば百名いた行列は散り散りになり、挟箱持ちなどの下っ端は、命惜しさに地べたにうずくまり、手を合わせて震えていた。

敵とまともに闘えるのは、二十名ほどの柳沢の精鋭《せいえい》たちのみとなっていた。対する敵は二十数名と、ほぼ互角である。

乱戦は一旦やみ、双方が対峙した。

左近に刀を向けている敵を押しのけて、頭目《とうもく》と思しき男が前に出た。

「貴様が、人斬り鉄斎か」

柳沢が訊くと、鉄斎は柳沢を睨み、続いて左近に鋭い目を向けた。

「貴様は、綱吉ではないのか」

「おれの名は、浪人、新見左近だ」

「ふん、おれは綱吉の顔を知らぬ。浪人だと言われても信用できぬわ。その首を頂戴《ちょうだい》する」

そう言うと、血気盛んな敵の一人が槍を構えて突進してきて、柳沢が応戦した。

突き出された穂先《ほさき》を槍で受け流し、反撃の突きを入れる。

敵は身を転じてかわすや、転じた勢いのまま穂先を振るい、柳沢の腕を打った。

槍の柄《え》で打たれた痛みにも顔色を変えない柳沢は、ゆっくりと息を吐き、柄をにぎりなおした。

余裕の表情をしている敵は、槍を脇に挟み、柳沢を挑発した。

柳沢は前に出て、穂先を突き出したが、敵は身軽にかわし、柄を腹に突き入れた。

だが、柳沢はそれを弾き上げ、転じた槍の柄で敵の顔を打った。

「ぐうっ」

敵は呻いて、たまらず片膝をついた。柳沢はその隙を逃さずに、柄を腹に突き入れて気絶させた。

「やれ！」

鉄斎が命じると、敵が一斉にかかってきたが、柳沢の家来があいだに入り、死闘がはじまった。

柳沢は、頭目、人斬り鉄斎を倒すべく、

「抜けい！」

怒鳴るや、穂先を向けた。

片頬《かたほお》を上げて不敵な笑みを見せた鉄斎が、じろりと左近を睨んだ。

「どこを見ておる！」

柳沢が隙を突いて、槍を繰り出した。

「てぇい！」

裂帛《れっぱく》の気合声と共に槍を突くと、鉄斎は身軽に横に転じてかわし、その刹那、抜く手も見せずに抜刀して、柳沢の槍を切断した。

柄を捨て、抜刀しようと刀に手をかけた柳沢は、目の前に切っ先を突きつけられた。

「くっ、うう」

動けば命はない。

刀の柄《つか》をにぎったまま、柳沢は切っ先から放たれる凄まじい剣気に押されて怯んだ。

「死ね」

鉄斎が抑揚《よくよう》のない声で言うと、片手で刀を振り上げ、柳沢の首を刎ねんとする。

そこへ、小五郎が手裏剣を放ち、鉄斎は弾き飛ばした。

次から次へと飛んでくる手裏剣を弾きつつ、場所を移動した。そして小五郎が刀を振るって斬りかかると、鉄斎はその剣筋を見切り、紙一重《かみひとえ》でかわすや、刀を払った。

右腕を斬られた小五郎が跳びすさり、左近の前を守った。

「殿、お逃げください」

そう言ったが、左近は小五郎の肩をつかみ、後ろに下がらせた。

「てぇいっ」

襲ってきた鉄斎の手下を見もせずに安綱を抜き、

「むん！」

一刀のもとに斬り伏せた。

葵一刀流の剛剣を目にした鉄斎の顔から、笑みが消えた。

鋭い目を向け、安綱を構える左近。

その剣気は、尋常ではない。

「おのれ、何者だ」

「知りたくば、貴様を雇った者の名を言え」

「けっ、けけけけ」

不気味な笑い方をした鉄斎は、すぐに真顔となり、刀を正眼に構えた。

左近も正眼で応じ、両者の間合いが死地と変わった刹那、鉄斎が動いた。それに合わせて、左近も前に出た。

刀の刃がかち合う音と共に、両者がすれ違った。

鉄斎は切っ先を下に向け、左近は両手ににぎった安綱の切っ先を、まっすぐ前に突き出している。

それは一瞬のことで、ふたたび両者が向き合った。

鉄斎が下から斬り上げる刀をかわすや、左近は一気に前に跳び、すれ違いざまに安綱を振るい、鉄斎の背を打った。

この時、左近は、安綱を峰《みね》に返していたのだ。

「お、おのれ」

呻くように言いながら膝をついた鉄斎は、気を失う前に自害しようとしたのだが、脇差の柄に手をかけたまま突っ伏した。

長い息を吐いた左近が目を上げると、襲ってきた者どもの生き残りは戦意を失い、たちまちのうちに倒され、捕らえられた。

「甲州様、お見事にございます」

膝をついて敬意を払う柳沢の前で、左近は安綱を納刀した。

五

左近が日光から無事に江戸へ戻った日の夜、咎人《とがにん》である人斬り鉄斎は、柳沢邸の牢から引き出され、蔵の漆喰《しっくい》の壁に囲まれた狭い空き地に連れていかれた。

篝火《かがりび》が明々《あかあか》と焚《た》かれた場所では、すでに柳沢が待っており、鉄斎が来ると鋭い目を向けた。

首を刎ねられることを覚悟している鉄斎は、隙あらば逃げてやろうと、土塀《どべい》の木戸を一瞥した。

地べたではなく床几《しょうぎ》に座らされた鉄斎は、縄で縛られた身体を窮屈《きゅうくつ》そうに伸ばして、まっすぐ柳沢を見た。

柳沢は先ほどまでの厳しい表情をゆるめ、なだめるように言った。

「鉄斎、誰に雇われたのか、教えてくれぬか」

「断る」

「ただ雇われてしたことではないか。かばいだてしても、ためにならぬぞ」

鉄斎は見くびるなとばかりに鼻で笑い、柳沢を睨んだ。

「手下を容赦《ようしゃ》なく斬首しておきながら、何がためにならぬだ。さっさと、首を刎ねろ。さすれば、鬼神《きじん》のごとく宙を飛び、貴様の喉《のど》を喰《く》い破ってくれる」

「何を申すか！」

家来が怒鳴り、鉄斎を棒で打とうとしたが、柳沢が止めた。

「どうしても、話す気になれぬか」

「ふん」

鉄斎が顔を背《そむ》けた。

「そうか、では仕方ない」

柳沢が控えている家来にうなずくと、

「連れてこい！」

家来が命じ、陣幕《じんまく》の後ろから女が連れてこられた。

縄で縛られた女は、目黒村で共に暮らしていた鉄斎の妻だった。その姿に目を見張った鉄斎が、

「おのれ柳沢！」

立ち上がって身体ごとぶつかろうとしたが、家来たちに取り押さえられ、顔を地面に押しつけられた。

「手荒にするでない」

柳沢が家来に言うと、鉄斎は身体を起こされ、座らされた。

柳沢の手中に鉄斎の女房があるのは、綱吉の命によるものだ。

牧野と桂昌院のすすめに応じて、左近を身代わりにすることを承諾した綱吉であるが、己の命を狙う者の探索を、柳沢に命じていたのだ。

柳沢は密かに動き、牧野がつかんでいた情報を入手すると、大老の堀田が動く前に手の者を目黒村へやり、鉄斎の女房を捕らえていたのである。

町中から来た役人が、柳沢の手の者だったと知らされ、鉄斎は悔しがった。

「どうしてわかったのだ」

「貴様の目だ。日頃は百姓として鍬をにぎって土を耕《たがや》していようが、剣客の目の運び、身のこなし方までは隠しきれぬものよ。まして、人を斬った者の目の奥には、常人にはない鋭さがある。剣を極めた者であれば、それぐらいのことは見抜く」

朝助と名乗っていた鉄斎のことを怪しんだ柳沢の手の者は、途中で引き返し、古井の使いが帰るのを目撃してあとを追ったのだが、見失っていた。

そこで女房を捕らえ、柳沢が日光から帰るのを待っていたのだ。

「新見左近がおぬしを生け捕りにしてくれたおかげで、女を拷問《ごうもん》せずにすんだ」

睨み上げる鉄斎に笑みを見せた柳沢が、諭《さと》すように言った。

「どうじゃ。雇うた者の名を正直に申せば、罪を免じて、夫婦ともどもわしの領地で暮らせるようにしてやるぞ」

「信用ならぬ」

「よいか、鉄斎。わしは己の正体を隠し、上様の命を狙う卑怯者《ひきようもの》が憎いのだ。雇われただけの貴様を恨む気は毛頭なく、むしろ、わしの槍に勝る貴様の剣術を高く買っておる。領地で暮らし、その腕をわしのために振るってみぬか。人を殺して生きる道よりも、わしの家来に剣を教えて生きてみぬか」

するど、鉄斎は迷ったように目を泳がせ、捕らえられている女房を見た。

女房は泣きそうな顔をして、死にたくないと鉄斎に目で訴えている。

動揺した鉄斎であるが、しばし考えてからひとつ大きく息を吐き、肩の力を抜いた。

「ほんとうに、生かしてくれるのか」

「約束しよう」

「わかった。すべて話す」

鉄斎の口から、高萩藩江戸家老の名を聞き出した柳沢は、

「なるほど、高萩藩の者か」

何かを考えるような顔になると、

「よう申してくれた」

鉄斎にそう言い、床几から立ち上がり、その場を立ち去った。

陣幕の後ろに行くと、控えていた側近に近づき、耳打ちした。

「二人とも、殺せ」

そう命じると、鉄斎と女房の斬首を見届けることなく、屋敷に入った。

柳沢が鉄斎を成敗して十日ほど経《た》った日の朝、江戸城では、大老の堀田が、町奉行から奇妙な報告を受けていた。

「斬り合いがございました目黒村を調べさせたのですが、村役人が申しますには、公儀の役人が来て、いろいろと調べていったそうにございます」

「何、誰の差し金じゃ」

「それがわからず、郡代《ぐんだい》に問い合わせてみたところ、送っていないと」

大老の堀田は、老中たちを見回したが、勝手なことをする者はおらず、誰もが首を横に振った。

思案した堀田は、表情を厳しくした。

「牧野か、あるいは、柳沢ではないのか」

そうつぶやくと、町奉行が口を開いた。

「おそれながら、村役人が申しますには、やってきた者は、百姓の女房を一人、連れていったそうにございます」

「その女が、こたびのことに関わっていると申すか」

「そう考えてよろしいかと。もし偽《にせ》の役人が牧野殿か柳沢殿の手の者でしたら、上様のお命を狙う首謀者の名が、直《じか》に上様のお耳に入るのではないでしょうか」

町奉行に言われて、堀田は考えた。

「甲州様の行列を襲った咎人は、柳沢が捕らえているはず。その者と目黒村の女は、関わりがあるのではないか。柳沢はその女を使って、咎人に白状させた——」

堀田が気づくのを待っていたかのように、将軍綱吉から呼び出しが来た。

ただちに書院の間に移動すると、綱吉はすでに上段の間で待っており、下座には柳沢が控えていた。

やはり、目黒村の一件は柳沢がしたことかと、堀田は柳沢を一瞥した。

「筑前、近う」

手招きされて、将軍のそばに歩み寄る。

「筑前」

「はは」

「余の命を狙《ねろ》うた謀反人がわかったぞ」

「それは、何者でございますか」

「高萩藩江戸家老、古井実一じゃ」

高萩藩と聞き、堀田は驚いた。

「まさかっ——」

堀田はふたたび柳沢を一瞥した。柳沢は目を畳に向けたまま、控えめな態度で座っている。

「確かなことでございましょうや」

「綱豊が捕らえた咎人が白状したのだ、間違いない。余が裁定しなおし、領地を七万石に減らしたことへの逆恨《さかうら》みじゃ。奴らめ、本来ならば領地没収のうえ、藩主光義《みつよし》を他藩に預けるところを、余の慈悲《じひ》で七万石を残してやった恩を忘れるとは許せぬ。よって、藩主光義に切腹を命じることとする」

「お待ちください、上様。高萩藩は譜代の名門。光義殿はまだ十六の若君でございます。家老の古井が勝手にしたことと思われます」

「さよう。家老が一人でしたことじゃ」

「では、古井にすべての責任がございます。責めは、古井一人に負わせくださいませ」

「ならん。光義は切腹、洲崎《すざき》家は断絶じゃ。筑前、そちはただちに命をくだせ、よいな」

「ご再考を」

「くどい！　そちがせぬなら、牧野に命じさせるがそれでもよいか」

側用人の力が増していることを懸念《けねん》している堀田は、それだけは許せぬことだった。

――誰のおかげで将軍になれたと思っている。

こころの中で怪しい炎が灯《とも》りはじめている堀田であるが、ここは気持ちを落ち着かせた。

「返答せい！」

綱吉に怒鳴られて、

「は、ははあ」

堀田は平身低頭して応じると、綱吉の前を辞した。

柳沢に目を向けた綱吉は、不敵な目つきをした。

「そちの申すとおり、光義を見せしめにすれば、余の命を狙う者がおらぬように
なるか」

「はい」

「さようか。ならばよい」

綱吉は、安堵《あんど》の息を吐いた。

「それにしても、そちはようやる。いずれ、わしの右腕として政《まつりごと》をまかせるか
らの」

「おそれいります」

「じゃが、今しばらく待て。まだ牧野には用があるからのう。機嫌を取っておか
ねばならんのじゃ」

「心得ております」

柳沢が応《こた》えると、綱吉は姿勢を崩し、くつろいだ顔で言った。

「まことに心得ておるのか、弥太郎《やたろう》」

「はい」

「では、わしが牧野に何を求めておるか、申してみよ」

「阿久里様でございましょう」

「さにあらず、さにあらずじゃ、弥太郎」

目を伏せながら話していた柳沢は、問うような顔を上げた。

「では、何を求められます」

「近う」

手招きに応じて柳沢が近づくと、綱吉が小声で告げた。

「二《に》の姫じゃ。あれは、美しい」

二の姫といえば、牧野の次女。まだ十四の娘だが、婚礼をすませた人妻でもある。

妻と娘に触手《しよくしゆ》を伸ばそうとする綱吉を見て、柳沢は牧野のことを哀《あわ》れに思ったが、表情には決して出さなかった。

「よろしゅうございます。お子を生《な》せば、牧野様もお喜びになられましょう」

「牧野の上になろうと思うておるくせに、こころにもないことを申しおって」

柳沢が唇《くちびる》に笑みを浮かべて頭を下げると、綱吉は目を細めた。

「愛《う》い奴よのう、弥太郎。よいか、必ずそちに力を与えるゆえ、わしのために励《はげ》めよ」

「はは」

今の時点で、左近の敵か味方かはわからぬが、柳沢という男が、幕政を担《にな》う重要人物に成り上がってゆくのは、確かなことである。

綱吉の御《おん》ため、命の限りを尽くすことを約束して頭を下げた柳沢であるが、野望に満ちた笑みを、こころの中で浮かべていた。

本書は２０１４年２月にコスミック・時代文庫
より刊行された作品を加筆訂正したものです。

双葉文庫

さ-38-20

浪人若《ろうにんわか》さま 新見左近《にいみさこん》 決定版《けつていばん》【六】

日光身代《にっこうみが》わり旅《たび》

2022年7月17日　第1刷発行

【著者】

佐々木裕一《ささきゆういち》

【発行者】

箕浦克史

【発行所】

株式会社双葉社

〒162-8540 東京都新宿区東五軒町3番28号

［電話］ 03-5261-4818（営業部）　03-5261-4868（編集部）

www.futabasha.co.jp（双葉社の書籍・コミックが買えます）

【印刷所】

中央精版印刷株式会社

【製本所】

中央精版印刷株式会社

【フォーマット・デザイン】

日下潤一

ISBN978-4-575-67121-6 C0193

Printed in Japan

佐々木裕一

新・浪人若さま 新見左近【一】長編時代小説

不穏な影

〈書き下ろし〉

浪人姿に身をやつし市中に繰り出し悪を討つ。その男の正体は、のちの名将軍徳川家宣――。大人気時代小説シリーズ、双葉文庫で新登場！

佐々木裕一

新・浪人若さま 新見左近【二】長編時代小説

亀の仇討ち

〈書き下ろし〉

権八夫婦の暮らす長屋に仇討ちの若い兄妹が転がり込んでくる。仇を捜す兄に助力を申し出た左近だが、相手は左近もよく知る人物だった。

佐々木裕一

新・浪人若さま 新見左近【三】長編時代小説

夫婦剣《めおとけん》

〈書き下ろし〉

米問屋ばかりを狙う辻斬りが頻発する中、小五郎の煮売り屋を訪れるようになった中年の旅の夫婦。二人はある固い決意を胸に秘めていた。

佐々木裕一

新・浪人若さま 新見左近【四】長編時代小説

桜田の悪

〈書き下ろし〉

闇将軍との死闘で岩倉が深手を負った。小五郎たちの必死の探索もむなしく焦りを募らせる左近をよそに闇将軍は新たな計画を進めていた。

佐々木裕一

新・浪人若さま 新見左近【五】長編時代小説

贋作小判《がんさくこばん》

〈書き下ろし〉

改鋳された小判にまつわる不穏な噂と偽小判の存在を知った左近。市中の混乱が憂慮されるなか、老侍と下男が襲われている場に出くわす。

佐々木裕一

恨みの剣

新・浪人若さま 新見左近【六】長編時代小説〈書き下ろし〉

同じ姓の武家ばかりを狙う辻斬りが現れた。下手人は説得に応じず問答無用で斬り捨てるという。冷酷な刃の裏に潜む真実に、左近が迫る！

佐々木裕一

宴《うたげ》の代償

新・浪人若さま 新見左近【七】長編時代小説〈書き下ろし〉

出世をめぐる幕閣内での激しい対立。政への悪影響を案じる左近だが、己自身をも巻き込む大騒動に発展していく。大人気シリーズ第七弾！

佐々木裕一

鬼のお犬様

新・浪人若さま 新見左近【八】長編時代小説〈書き下ろし〉

お犬見廻り組の頭に幼い息子を殺された御家人が、西ノ丸大手門前で抗議の自刃を遂げた。胸を痛めた左近は、真相を調べようとするのだが。

佐々木裕一

無念の一太刀《ひとたち》

新・浪人若さま 新見左近【九】長編時代小説〈書き下ろし〉

勅額火事から一年。町の復興が進む中、大火の折に武家の娘が攫われたとの噂を耳にした左近。さっそく近侍四人衆に探索を命じるのだが。

佐々木裕一

嗣縁《しえん》の禍《わざわい》

新・浪人若さま 新見左近【十】長編時代小説〈書き下ろし〉

将軍綱吉には隠し子がいた⁉ 思わぬ噂を耳にし、これで西ノ丸から解放されるとばかりに喜ぶ左近だが、何者かによる襲撃を受けて——。

佐々木裕一
あきんど百譚
あかり
時代小説
〈書き下ろし〉
家族の愛憎を扱った表題作をはじめ米つき屋、廻り髪結いなど、市井に暮らす庶民たちが織り成す、笑いあり涙ありの江戸の巷の人情噺。

佐々木裕一
あきんど百譚
さくら
時代小説
〈書き下ろし〉
塗師や朝顔売り、植木職人など、江戸の市井で生きる様々な生業の人々の、日常と喜怒哀楽を描く好評時代短編シリーズ、注目の第二弾。

佐々木裕一
あきんど百譚
うきあし
時代小説
〈書き下ろし〉
市子の巻き込まれた騒動や、若き沖船頭の恋、根津で噂される鬼女の真相など、庶民たちの姿を軽妙な筆致で綴る、人気シリーズ第三弾！

佐々木裕一
あきんど百譚
ちからこぶ
時代小説
〈書き下ろし〉
小間物屋の手代の恋や浪人の悩み、そば屋で働く少女の親子愛など、とある貧乏長屋を舞台に繰り広げられる、悲喜こもごもの四つの物語。

千野隆司
おれは一万石
世継《よつぎ》の壁
長編時代小説
〈書き下ろし〉
正国が隠居を決意し、藩主交代の運びとなった高岡藩井上家。藩主就任が間近に迫った正紀だが、阻止せんとする輩が不穏な動きを見せる。